Ein Wattwurm wollte Hochzeit machen

AF222750

$\mathcal{L}$assen Sie sich

von den Wattwurmfreunden
Hannes und Schlicki

über
Wunder des Meeres,
Wunder der Freundschaft
und
Wunder der Liebe

verzaubern.

Ein

Wattwurm

wollte

Hochzeit

machen

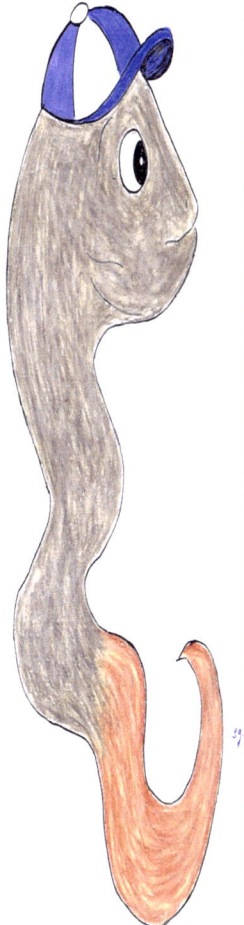

Sabine Grimm

Sabine Grimm

Zweite Auflage

Erstauflage (2005)
(Engelsdorfer Verlag)

Herstellung und Verlag:
Books on Demand GmbH, Norderstedt

ISBN 9783842356863
Illustrationen s/w und in Farbe

Es war ein besonders schöner, sonniger Tag an der Nordsee in Cuxhaven. Im Watt war Ebbe. Das Wasser der Nordsee hatte sich sehr weit zurückgezogen. Ringsherum war die Tierwelt sehr mobil.

In den Prielen jagten Plattfische nach Beute, der Krebs verkroch sich aus Angst vor der Silbermöwe in den Schlick, und die Wattschnecken grasten den Boden nach Kieselalgen ab. Die Sandklaffmuscheln stießen vor Freude über den schönen Tag kleine Fontänen aus dem Boden; heimische Miesmuscheln genossen den warmen Sonnenschein auf ihren Bänken. Die Plattmuscheln und Herzmuscheln machten mit ihren kleinen Füßchen einen Morgenspaziergang. Insgesamt herrschte ein reges Treiben im Naturpark Wattenmeer, und nichts schien diese gemütliche Atmosphäre zu trüben.

Nur der Sandpierwurm Schlicki steckte etwa fünfundzwanzig Zentimeter tief im Wattboden und sah sehr traurig aus. Er hatte sich unsterblich in seine Nachbarin Julia verliebt und träumte davon, sie eines Tages zu heiraten. Dass man so etwas tut, wenn man jemanden sehr lieb hat, war ihm durch die Watt-Platt-Trampler zu Gehör gekommen, als sie, wie so oft, durch das Watt wanderten. Die Silbermöwe erklärte ihm, dass die Wattläufer, die sich fast jedes Mal lautstark über ihn unterhielten, Menschen seien. Sie berichtete davon, eines Tages selbst einmal vor einer Kirche gewesen zu sein, als ein Mann und eine

Frau sich das Jawort gaben. Sehr schön sei das gewesen, schwärmte die Möwe verzückt. Sie berichtete Schlicki in den phantasiereichsten Farben von der Hochzeit, bei der ein Bräutigam seiner Braut den goldenen Ring an den Finger steckte und sie danach küssen durfte. Sie selbst hatte vom Ast eines Baumes neben der Kirche ein Häufchen auf den Schleier der Braut fallen lassen, um ihr Glück zu bescheren. Zum Dank dafür hatte die Braut später den Brautstrauß nach ihr geworfen. Weil alles so romantisch und feierlich war, beschloss die emotional stark entflammte Silbermöwe, zwei Tage später selbst zu heirateten. Den goldenen Ring als Liebespfand, konnte ihr ihre Freundin, die Elster, ziemlich schnell beschaffen. Seither lebt die Möwe glücklich und zufrieden mit ihrem Möwenmann und einer großen Möwenkinderschar im Watt von Cuxhaven.

Schlicki kannte die Elster nicht. Darum besaß er leider keinen goldenen Ring, um seiner Liebsten einen Heiratsantrag machen zu können. Er hatte nicht die geringste Ahnung, wo er im Watt nach einem solchen Schmuckstück suchen könnte. Da er nicht mit leeren Händen um seine Angebetete werben wollte, traute er sich noch nicht, Julia zu gestehen, wie ungeheuer toll er sie fand. In seinen Augen war sie das hübscheste, süßeste Wesen im Cuxhavener Watt weit und breit, und sie hatte beste Chancen bei den anderen Wattwürmern, die sie meist liebevoll „Julie" nannten. Schlickis Sehnsucht nach ihr schien unerfüllbar. Nachdenklich rutschte er in seiner Röhre mit dem Hinterteil zur Oberfläche des Wattbodens. Ziemlich ratlos drückte er seinen zuvor gefressenen Schlick ab.

„Das sieht ja aus, wie Spaghetti!" hörte er eine Kinderstimme rufen. Gleichzeitig wackelte der Wattboden ein wenig. Kinderschritte näherten sich, und plötzlich bebte der Boden um Schlicki herum heftiger. Oh, nein, die Watten-Trampler sind wieder hier, dachte unser Schlicki und stieß vor Schreck gleich noch einmal eine, diesmal kleinere Portion „Spaghetti" an die Wattober-fläche. Aus dem Stimmengewirr oberhalb des Wattenbodens erkannte er die ihm vertraute Stimme des Wattführers. Es wurde stiller, denn es sprach nur noch einer. Das war der Watt-führer Grimm: „Der Sandpierwurm, der auch einfach Wattwurm genannt wird, lebt neben einer Vielzahl anderer Würmer, wie Fadenwurm, Seeringelwurm, Schlickringelwurm und noch einigen anderen Arten, ungefähr dreißig Zentimeter tief, hauptsächlich im Sandwatt. Dort lebt er in einer schleimverkitteten Röhre, die im Wattboden steckt. Der Wattwurm selbst liegt am Boden der u-förmigen Röhre und saugt am unteren Ende des Eingangsrohres den Sand von oben herunter. Dadurch entstehen die charakteristischen, trichterförmigen Vertiefungen im Wattboden, die wir hier und da erkennen können. Mit der Rüsselschnauze saugt der Wattwurm die Sandmassen in sich hinein und entzieht daraus seine Nahrung. Diese besteht zum Beispiel aus Kleinstlebewesen und pflanzlichen oder tierischen Geweberesten. Der Sand wandert durch den Darm in das hintere Ende des Wurmes. Wenn der Darm voll ist, steigt der Wattwurm rückwärts im Ausgangsrohr hoch. An der Oberfläche des Meeresbodens scheidet er den Sand wieder aus. Das sind dann die Häufchen auf dem Wattboden, die aussehen wie Spaghetti. Ungefähr alle vierzig Minuten lässt der Wattwurm ein „Spaghettihäufchen" ab, so dass im Laufe eines Jahres etwa fünfundzwanzig Kilogramm Sand durch seinen Körper wandern."

„Das schafft er alles von seinem kleinen U- Boot aus?" fragte ein kleiner Junge erstaunt.

„So ist es."

Wattführer Grimm fuhr fort: „Die Röhre des Wattwurms, die du U-Boot nennst, hat die Form eines Hufeisens und sieht aus wie ein U. Übrigens…" Er sah nach unten auf den Boden und erklärte: „Unter dieser bogenförmigen Rinne verbirgt sich eine Herzmuschel."

Dabei deutete er auf den Schlick vor seinen Füßen, in dem deutlich eine kleine Rinne zu erkennen war, und legte eine rosafarbene, herzförmige Muschel frei, die er der neugierigen Gruppe präsentierte. Zahlreiche Oh's und Ah's folgten, und das Stimmengewirr wurde wieder lauter.

„Ich will die Herzmuschel haben!"

„Nein, ich bekomme sie!"

Der Wattführer sprach energisch: „Nein, niemand bekommt sie, da die Muschel noch lebt. Wir stecken sie wieder in den Schlick zurück. Die geöffneten Herzmuschelschalen, in denen sich kein Bewohner mehr befindet, die könnt ihr mit nach Hause nehmen."

„Oh, ja!" – „Alles klar!" Ausnahmslos waren sich alle einig und wollten trotz ihrer Sammlerfreude kein Meerestier töten. Lieber suchten sie den Wattboden nach den leeren, bunten Muschelschalen ab, die zahlreich und in vielen verschiedenen Formen im Schlick steckten. In

10

der Zwischenzeit berichtete Wattführer Grimm weiter: „Algen wachsen am Ufer, an der Stelle, wo sie die besten Bedingungen finden. Manche sind immer im Wasser, andere wiederum liegen bei Ebbe frei."

„Warum ist das Meerwasser salzig?", rief ein kleiner Junge.

Die Antwort des Wattführers fanden alle sehr spannend: „Während der Entstehung der Meere hat kochendheißes Wasser das Salz aus den Felsen gespült. Von allen Meeren ist das Tote Meer das salzigste. Es heißt „Totes Meer", weil es so viel Salz enthält, dass hier kein Fisch leben kann. In zwölf Metern Tiefe ist es dort völlig dunkel. Das Tote Meer ist sehr klein, sieht aus wie ein großer See und liegt inmitten einer Wüstenlandschaft. An flacheren Stellen formen sich bizarre Salzgebilde. Schwimmen ist im Toten Meer nicht nötig, weil das salzhaltige Wasser alles und jeden trägt. Das Meersalz wird vom Menschen übrigens durch Trocknen gewonnen und später genutzt."

„... Ach so, und warum heißt eigentlich das Rote Meer „Rotes Meer"?", fragte ein Knirps wissbegierig.

„Weil es im Roten Meer eine Algenart gibt, die beim Absterben eine rote Färbung annimmt.

Dadurch hat das Rote Meer seinen Namen bekommen."

„Wo ist das Rote Meer?"

„Dieses lang gestreckte Binnenmeer befindet sich im Indischen Ozean, zwischen Nord- Ost-Afrika und der arabischen Halbinsel. Der Suez-Kanal verbindet es mit dem Mittelmeer."

Die Stimmen wurden allmählich leiser und die Watten-Trampler waren bald ein Stück weitergegangen.

Schlicki war erleichtert, dass der Boden über ihm endlich nicht mehr bebte und drückte noch ein Spaghetti-Häufchen ab. Dabei stieß er unerwartet auf etwas Hartes. Erstaunt kroch er ein Stück nach oben und entdeckte bei genauerem Hinsehen ein größeres Stück Holz. Während er das Holzstück noch betrachtete, erschrak er plötzlich fürchterlich. Zwei große, kugelrunde Kulleraugen schauten ihn aufmerksam an. Sie gehörten zu dem Holzbohrwurm Hannes, der den unzweifelhaften Ruf hatte, ein berüchtigter Pirat der Meere zu sein. Er war als außerordentlich cleverer und findiger Zeitgenosse bekannt. Man erzählte sich über ihn, dass man sich sehr wohl vor seiner List in Acht nehmen sollte. Keine Schiffswand war vor Hannes sicher. Er schaffte es, sie alle zu bezwingen und sich problemlos in sie hineinzubohren. Seine berühmten Vorfahren hatten sogar den Ausspruch „Holland in Not", den ein jeder wohl schon mal gehört hat, geprägt. Sie waren für eine große Not, die es wirklich einmal vor langer Zeit in Holland gab, verantwortlich, da sie alle Holzschutzwehre von innen völlig zerstörten. Aus diesem Grund sind die Schutzwehre heute alle aus Stahl. Schlicki blinzelte dem Teufelskerl verwundert zu. Eigentlich wirkte Hannes ziemlich harmlos auf ihn. Er ließ sich von der Sonne bescheinen und genoss den Augenblick.

Beide machten sich bekannt, und Schlicki stotterte ein wenig, als er feststellte: „Dich nennen sie doch den Piraten der Meere, oder?"
„Korrekt, und sie wissen auch warum sie das tun." Selbstbewusst richtete Hannes sich auf und warf sich in seine stolzgeschwellte Wattwurm-

brust. Die beiden unterhielten sich zunächst über das angenehme Wetter. Hannes bemerkte witzelnd: „Schön ist's heute, doch wenn das Wetter sich nicht immer wieder mal verändern würde, könnten neun von zehn Leuten kein Gespräch führen."

Schlicki, der eigentlich traurig war, weil er unter Liebesschmerz litt, musste unwillkürlich über Hannes Anspielung schmunzeln.

„Das wurde aber auch Zeit, dass du endlich mal lachst. Vor lauter Griesgram hattest du ja schon einen Knoten im Gesicht, Schlicki! Welcher Seefloh ist Dir denn über die Röhre gekrochen?" fragte Hannes.

Schlicki zog den Hals kraus und grinste Hannes an. Das tat wirklich gut, endlich konnte er seinen Kummer von der Seele reden und seinem Herzen Luft machen. Darum erzählte er Hannes von der hübschen Julia, die er so gerne mit einem goldenen Ring heiraten würde und schilderte ihm seine unerfüllte Sehnsucht, die ihm fast das Herz zerspringen ließ.

Hannes hatte ihm teilnahmsvoll zugehört.

„Ach, weißt du, Schlicki, " meinte er dann beruhigend, „du siehst gar nicht so schlecht aus, denn du kennst mich. Ich will versuchen dir zu helfen. Einen Goldring kann ich dir wohl nicht beschaffen, jedoch will ich versuchen, drei kostbare Muschelperlen für dich zu finden. Eine für die Liebe, die zweite für die Treue und die dritte für viele Kinder. Wenn das nicht sogar etwas ganz Besonderes ist!"

„Das würdest du für mich tun?" fragte Schlicki ungläubig. Aber woher weißt du, dass die Perlen so kostbar sind?"

„Nun, als Pirat werde ich das ja wohl wissen müssen. Meine Vorfahren haben solche Juwelen damals geraubt. Riesige Schätze haben sie dabei angehäuft… und versteckt. Leider weiß ich nicht an welchem Ort. Darum werde ich mich selbst auf die Suche machen, um die Perlen für dich zu finden. Eine meiner leichtesten Übungen, das kannst du mir glauben."

„Wo bekommst du sie denn her? Etwa aus der Südsee?" –

Hannes erwiderte: „Lass mich nur machen, ich kenne eine ganze Menge Muscheln, die an der Wattkante wohnen, vielleicht haben die ja ein paar Perlen für dich."

Schlicki fragte Hannes interessiert, wie er dort hinkommen wolle, da für ihn die Wattkante ja mindestens so weit entfernt war, wie für den Menschen der Mond. Hannes jedoch winkte ab und sagte: „Nur keine Sorge, ich werde die Flut abwarten. Zwar habe ich keine Luftmatratze, aber - was noch viel besser ist - ein Stück Holz. Das trägt mich überall dort hin, wo ich hin will. Überleg du dir lieber, wie du Julia deinen Heiratsantrag präsentieren wirst, und – nun mach's mal gut!"

Der Wattboden, auf dem das Stück Holz mit Hannes gelegen hatte, war zu einem kleinen Rinnsal geworden, das stetig größer und breiter wurde. Allmählich tanzte das Stück Holz mit Hannes auf dem Wasser des Rinnsals, das langsam zu einem größeren Gewässer wurde und Hannes bald davontrug. Schlicki rief seinem neuen Freund nach: „Tschüss, Hannes!

 Viel Glück und pass auf dich auf!"

Dann drückte er vor Aufregung eine gute Portion Schlick nach oben. Doch sein Spaghetti-Hügel war schon nicht mehr zu sehen. Aus dem Rinnsal war mittlerweile ein Priel geworden. Als eilige, klatschende Schritte über dem Wattboden, der noch nicht unter Wasser stand, laut wurden und wasserspritzende Tritte, die sich durch die Priele kämpften, auf Schlicki zukamen, war das Stück Holz mit Hannes schon davongeschwommen. Die Stimme von Wattführer Grimm ertönte deutlich über Schlicki, und lachendes Stimmengewirr begleitete sie. Schlicki stöhnte: „Auch das noch! Die Watt-Platt-Trampler sind schon wieder da."

Er vernahm, wie der Wattführer über ihm erklärte: „Wenn das Meer kommt und geht, nennen wir das „Gezeiten". Das Wasser hat während seiner Flut den höchsten Stand. Bei Ebbe zieht es sich bis zu seinem Tiefstand zurück. Sechs Stunden lang steigt das Wasser und bedeckt mehr und mehr den Strand. Würmer, Krebse und Fische gehen auf Nahrungssuche. In den nächsten sechs Stunden fällt das Wasser dann wieder. Nun kommen Vögel, um nach Würmern und Muscheln zu suchen." –

„Aua", dachte Schlicki beim letzten Satz des Wattführers. Unwillkürlich duckte er sich tiefer in den Wattboden hinein.

„Ich muss immer gut aufpassen, dass mich die Vögel nicht holen, damit ich Julia immer beschützen kann. Es soll ihr niemals ein Leid widerfahren und ihr gut gehen. Nur wenn ich gut auf mich selber achte, kann ich auch Julia eine

Hilfe sein", sagte er zu sich. Vorsichtig horchte er nach oben, ob der Wattführer noch weitere schlimme Geschichten zu erzählen hatte. Doch was er vernahm, war nichts Neues. Schon oft hatte er davon gehört, dass der Mond die Gezeiten verursacht, da er die Wassermassen auf der Erde in seine Richtung zieht. Nun berichtete der Wattführer gerade von den unheimlichen Naturgewalten: „Springfluten entstehen, wenn Sonne, Mond und Erde eine Linie bilden. Dann wirken die Kraft der Sonne und die Kraft des Mondes zusammen.

Eine Sturmflut dagegen hat nichts mit den Gezeiten zu tun. Sie besteht aus einer Kette gigantischer Wellen, die eine Überschwemmung verursachen."

„Gibt es hier auch Mörderwellen, die Monsterwellen, bei denen in anderen Ländern Tausende von Menschen gestorben sind?" kam die Frage aus der Gruppe. Darauf antwortete der Wattführer: „Ein Erdbeben am Meeresgrund oder aber ein unterseeischer Vulkanausbruch könnten an der Meeresoberfläche diese riesigen Wellen, so genannte Tsunamis, entstehen lassen. Denn dann tobt das Meer, und die Küsten werden überflutet. Wenn Menschen nahe am Strand leben, könnte das ihr Todesurteil sein, wenn sie nicht schnell genug vor der Riesenwelle fliehen können."

Oh, nein, dachte Schlicki, der dieses Mal ganz genau zugehört hatte, weil er nun seinen neuen Freund weit draußen im tiefen Meer wähnte. Er sagte zu sich selbst: „Das ist ja schrecklich! Was ist, wenn Hannes nun in so eine Mörderwelle kommt? Und was passiert, wenn so eine gewaltige Monsterwelle mit Wucht unser schönes Watt überrollt?"

Schlicki war höchst beunruhigt. Es war nicht auszudenken, was in so einem schrecklichen Fall mit Julie und ihm geschehen würde! –

„Ich habe mal gehört, in der Nordsee kann es keine Tsunamis geben", rief ein Junge aufgeregt dazwischen. Daraufhin teilte der Wattführer der Runde mit: „Experten glaubten bisher, dass Tsunamis in Europa unwahrscheinlich seien, weil sie hier lange nicht mehr vorgekommen sind. Doch in alten Chroniken entdeckten Geologen unlängst, dass auch der Nordseeboden durch Geröll immer wieder mal so stark erschüttert wird, dass auch in der Nordsee ein Tsunami nicht ganz auszuschließen ist. Vor über achttausend Jahren wurde Norwegens Küste von einem Beben erschüttert, wobei die Stöße Erdmassen von der Größe Islands in die Tiefsee

20

gerissen haben. Ihr könnt euch das vorstellen, wie einen Stein, der in eine Pfütze fällt. Genauso löste die Lawine Wellen aus, die sich dann kreisförmig ausbreiteten. Sie verursachten gewaltige Tsunamis, die über die Nordsee rasten. An Schottlands Stränden waren die Wellen noch bis zu sechs Meter hoch. Im Gegensatz zu früher hat sich der Meeresboden beruhigt und entlang von tektonischen Rissen am Meeresboden kommt es heute nur noch selten zu stärkeren Erschütterungen, die Riesenwellen auslösen. Aber im Januar 1927 bebte die Erde im Meer zwischen Norwegen und Großbritannien, im November 1929 nordwestlich von Schottland, und im Juni 1931 zwischen Dänemark und Großbritannien. Von einem Beben in der Straße von Dover, im Jahre 1580, berichtete William Shakespeare in „Romeo und Julia ".“

Wieso Julia, fragte sich Schlicki erstaunt, und wer war überhaupt Romeo? Schlicki wurde eifersüchtig. Bisher hatte er geglaubt, dass Julia Single sei. Doch der Wattführer gab einfach keine Ruhe. Seine Aussagen wurden immer unerträglicher.

„Im September 1508 hat ein Erdbeben ganz England erschüttert. Es war keines der lokal begrenzten, die in England und Schottland hin und wieder üblich sind. Im 11., 16., 17. und 19. Jahrhundert soll laut einer Studie der Meeresboden bei Großbritannien stark erschüttert worden sein.

Norwegische Wissenschaftler haben anhand von Computermodellen untersucht, dass eine Mega-Lawine nach dem finalen Abrutschen des Meeresbodens auf Norwegens Küste 14 Meter hohe Wellen brechen lässt. Zwei Stunden später würden dann 20 Meter hohe Wellen auf die Shetland-Inseln krachen. Wieder zwei Stunden später träfen bis zu 14 Meter hohe Wellen die Faröer-Inseln. Nach weiteren sechs Stunden wären die Tsunamis dann immer noch sechs Meter hoch. So gewaltig würden sie Schottlands Strände erreichen und schwere Verwüstungen anrichten. In Richtung Süden verlieren die Wellen dann an Höhe. Die seichte Nordsee bremst das Wasser etwas ab, so dass man zumindest hoffen kann, dass an der Nordseeküste „nur" mit einem Hochwasser zu rechnen ist."

Das Wörtchen „nur" betonte der Wattführer stimmlich und gestikulierte dabei mit beiden Zeigefingern, die er signalisierend vor sich in die Luft hob. Er fuhr fort: „Im Grunde genommen hat die Nordsee regelmäßig Mini-Tsunamis, denn alle zwölf Stunden gibt es hier eine Flut.

Deshalb ist die Nordsee der perfekte Ort, um die Frühwarnsysteme für weltweite Fälle schwerer Tsunami-Gefahren zuverlässig zu trainieren."

Schlicki hörte nur den Wattführer sprechen; alle anderen um ihn herum waren verstummt und lauschten gebannt seinen spannenden Ausführungen über die groben und gefährlichen Naturgewalten. Nun berichtete er, dass die Meeresströmungen, wie Flüsse, Kalt- oder Warmwassermassen durch die Meere führen.

„Das Meer übernimmt eine sehr wichtige Aufgabe für den Wasserkreislauf auf der Erde. Hier bilden sich Wolken, die über das Land ziehen und Regen bringen. Das funktioniert folgendermaßen: Die Sonne erwärmt das Meerwasser. Wasserdampf steigt auf und ballt sich zu Wolken zusammen. Der Wind treibt die Wolken voran. Wenn die Luft abkühlt, werden aus dem Dampf Tropfen, die dann wieder als Schnee, Regen oder Hagel auf die Erde fallen. Dieses Wasser sammelt sich in Bächen und Flüssen und gelangt wieder ins Meer."

„Warum gibt es eigentlich die Wellen?" fragte jemand neugierig.

„Sie entstehen durch den Wind, der über das Meer bläst. Die Wellen brechen sich später an felsigen Küsten und Stränden."

„Kann uns im Watt etwas Schlimmes passieren?"
fragte ein Mädchen besorgt.

Die zunächst beunruhigende Antwort lautete:
„Das Watt kann sehr gefährlich sein, wenn man
nicht vorsichtig ist und sich nicht nach den
Gezeiten richtet."

Etwas beruhigender folgten dann die Hinweise
des Wattführers über die Sicherheitsmaßnahmen
im Watt: „Das Watt wird mit einem Radar
überwacht, und jeder Mensch, der sich dort auf-
hält, ist auf dem Monitor in der Schwimm-
meisterstation als Punkt zu sehen. Kommt ein
Mensch zu spät aus dem Watt, und wird von
Prielen eingeschlossen, erkennen es die aufsicht-
führenden Schwimmmeister und retten den Menschen mit ihrem Amphibienfahrzeug. Das ist ein
Rettungsflitzer, der an Land fahren, und auf dem
Wasser wie ein Boot schwimmen kann. Für
Notfälle gibt es im Watt auch mehrere Rettungs-
baken. Auf diese Stahltürme kann jemand, der
vom Wasser eingeschlossen wurde, klettern. Auf
den Rettungstürmen ist man selbst dann in
Sicherheit, wenn die Flut die Nordsee ganz hoch
steigen lässt, denn die Plattform der Rettungs-
baken befindet sich in jedem Fall über dem
Wasserspiegel. Auf jedem Turm sind Raketen

24

deponiert, die im Notfall abgeschossen werden dürfen, um auf sich aufmerksam zu machen."

„Au, ja! Das geht bestimmt voll gut ab!" rief ein Junge begeistert aus. Doch Wattführer Grimm setzte seinen Bericht fort: „... Zum Zwecke des Spaßes ist das natürlich verboten. Das Abschießen der Munition kostet bei Missbrauch sehr viel Geld. –

Auch der Seenebel birgt eine große Gefahr im Watt. Darum solltet ihr niemals ohne einen geschulten Führer im Watt unterwegs sein. Im Nebel, wenn man den Strand, sogar den Nachbarn und die Hand vor Augen nicht mehr sehen kann, richtet der Wattführer sich nach dem Kompass. Alle müssen sich an der Hand festhalten und mit der anderen Hand die von ihm für solche Notfälle mitgeführte Wäscheleine anfassen. Dann führt er die Gruppe sicher mit der Leine aus dem Watt an den Strand zurück. –

Nun merken wir bereits um die Füße herum, dass das Wasser eine hohe Fließgeschwindigkeit hat. Darum müssen wir jetzt zum Strand zurückkehren. Wenn der erste Priel sich füllt und steigt, wird er schnell zum reißenden Fluss. Seine Strömung zieht jeden, der nicht rechtzeitig das Watt verlassen hat, hinaus in die Nordsee. Das Gefährliche am Watt ist, dass es wie ein

Spinnennetz von vielen Prielen durchzogen ist. Wenn diese bei Flut zu reißenden Strömungen werden, haben Eingeschlossene kaum noch eine Überlebenschance, da sie zu allen Seiten von reißenden Flüssen umgeben sind."

Die Stimmen entfernten sich in Richtung Strand. Schlicki drückte schnell noch einmal Schlick ab und rutschte wieder zurück, nach unten in seine Röhre. Er wollte keine entmutigenden Geschichten mehr anhören, sondern sich endlich sicher fühlen und von seiner Liebsten träumen.

Er schloss die Äugelein und träumte:

Ihm war, als ob er immer höher wuchs und größer wurde, und schließlich in Größe XXL über dem Schlick stand. Erstaunt blickte er sich um und stand direkt dem Wattführer gegenüber.

Geschickt fragte er ihn gleich: „Sag mal, du bist doch so ein schlauer Wattführer. Kannst du mir sagen, wie ich meine Angebetete davon überzeugen kann, dass ich der Richtige für sie bin?"

Ermunternd antwortete ihm Wattführer Grimm: „Du musst hartnäckig sein. Bleib dran Junge!"

Schlicki war über alle Maßen glücklich: „Danke, „alter Grimm", für den guten Rat. Ich will mein Bestes geben, dran bleiben und nicht aufgeben."
Als Schlicki aufwachte, war er auf sonderbare Weise glücklich.

Hannes ließ sich indessen von der wachsenden Flut in Richtung Wattkante treiben. Er musste sich kräftig im Holz festhalten, denn die Wellen wurden immer höher und die Strömung immer stärker. Ohne es zu ahnen, wurde er anstatt zur Wattkante in die offene Nordsee getrieben.
Als er es merkte, war seine Angst grenzenlos, und er wäre liebend gern zu Schlicki zurückgekehrt. Aber das Holzstück war nicht mehr aufzuhalten. Es düste wie eine Rakete immer weiter und weiter. Es schauderte Hannes, und er schloss die Augen. Doch wurde seine Angst dadurch nicht geringer, und sein Problem blieb leider bestehen. Also beschloss er lieber, seine Augen wieder zu öffnen. Er wusste, er konnte sich entweder mit seinem Schicksal abfinden und leiden, oder auf der Hut, und auf unvorhergesehene, äußere Einflüsse gefasst sein, um so gut und so schnell wie möglich zu reagieren.

Das Wasser wurde zusehends kälter, je weiter Hannes mit seinem Holzstück in die Fremde abgetrieben wurde. Es klatschte ihm in die Augen und war so trübe, dass er kaum noch etwas sehen konnte. Er hatte den allgemeinen Ruf, der „Pirat der Meere" zu sein, da er es immer verstanden hatte, sich mutiger zu zeigen, als er es eigentlich war. Doch nun saß er zwar auf seinem Holzstück, wie ein Seeräuber auf seiner Jolle, doch wie ein Pirat kam er sich dabei wirklich nicht vor, eher wie ein schwankendes, armes, kleines Würstchen.

Plötzlich gab es einen heftigen Stoß. Hannes ängstigte sich. Was war geschehen? Er spähte vorsichtig aus seiner Holzröhre und entdeckte ein riesiges Schiff mit Besatzung, das in dem Augenblick an ihm vorbeikam. Es verursachte gewaltige, hohe Wellen. An Deck entdeckte er einige raubeinige Männer, mit verschlagenem Gesichtsausdruck und beängstigendem Äußeren.
„Hilfe, Piraten! Lieber Gott, verlass mich nicht – ich verlass' dich auch nicht!" rief Hannes aufgeregt und wünschte sich ganz weit weg von diesem Ort.
Da kam auch schon die nächste Welle, und mit ihrem Druck schleuderte sie das Holzstück mit

Hannes gegen die Bordwand des riesigen Schiffes. Hannes war benommen. Als er wieder zu sich kam, bemerkte er einen Matrosen, der sich mit wilden Bewegungen über die Bordwand beugte. Er hielt einen Strick in der Hand, an dessen unterem Ende der Henkel eines Eimers befestigt war. Der Mann holte mit dem Arm kräftig aus, schwenkte den Eimer hin und her und ließ ihn mit einem Ruck ins Wasser fallen. Den mit Wasser gefüllten Eimer zog er mit dem Strick dann wieder nach oben über die Reling. Danach kippte der Seemann das Wasser auf das Deck des Schiffes, um gleich darauf den leeren Eimer wieder ins Wasser zu lassen. Während Hannes den Mann beobachtete und überlegte, ob dieser wohl ein sehr gefährlicher oder nur ein halb gefährlicher Pirat sei, merkte er gar nicht, in welch großer Gefahr er sich befand. Da geschah es auch schon! Plötzlich und unerwartet wurde Hannes, gemeinsam mit seinem Holzstück - es machte einen lauten „Blubb" - in den Eimer gezogen. Hannes erschrak. Was würde nun mit seinem Holz, das immerhin seine vertraute Wohnung war, geschehen?

Ehe Hannes einen klaren Gedanken fassen konnte, machte es laut „Klatsch!", und der Eimer

mit Hannes und seiner Behausung wurde auf
Deck umgekippt. Das Wasser verbreitete sich auf
den Schiffsplanken und beförderte das Holzstück
unter eine aufgerollte Plane. Hannes wurde
unsanft aus seiner Röhre geschleudert. Er er-
blickte eine gewaltige Holzwand vor sich. Sie
befand sich an der Steuerbordseite des Schiffes.

So schnell er nur konnte, versuchte Hannes die Wand zu erreichen, denn er wusste, dass er dort sicher sein konnte. Er brauchte sich nur ein Loch hineinzubohren, was für einen Holzbohrwurm kein großer Auftrag ist.

Endlich hatte er das Ziel erreicht und bohrte sich sogleich seine Röhre in die dicke Wand. Nun fühlte er sich ein wenig geschützter. Aus seinem Versteck heraus beobachtete er, wie der Matrose noch einige mit Wasser gefüllte Eimer auf das Deck klatschen ließ. Hinterher vernahm er ein lautes, kratzendes Geräusch, als mit dem Schrubber die Planken blank gescheuert wurden. Dabei fluchte der Mann fürchterlich. Hannes war sich sicher, dass der Mann, der in seinen Augen ein ungehobelter Pirat war, sein Stück Holz, das unter die Plane gerollt war, suchte. Weil er es nicht finden konnte, schimpfte er wütend. Zum Glück hatte Hannes es längst geschafft, sich vollständig in die Bordwand zurückzuziehen und sich darin zu verstecken. Das Holz, in das er sich hineinarbeiten musste, um in die Tiefe der dicken Holzwand zu gelangen, schmeckte widerlich, denn es war geteert. Aber wenigstens befand er sich in seinem Versteck in Sicherheit. Erschöpft betete Hannes: „Lieber Gott verlass mich nicht; ich verlass dich auch nicht."

Seine Augen, die ganz klein geworden waren, fielen zu, und er schlief schnell ein.

Hannes träumte, dass er als großer Held ins Watt nach Cuxhaven zurückkehrte, wo er von allen Wattbewohnern sehnsüchtig erwartet, und mit lautem Jubel empfangen wurde. Im Gepäck hatte er drei große, strahlende Muschelperlen. Alle Wattbewohner waren begeistert und feierten ihn mit tosendem Applaus als berühmten Star. Das Klatschten seiner Fans wurde immer lauter und ohrenbetäubender – und...

… als Hannes erwachte, gelangte er prompt und schonungslos in die unangenehme Wirklichkeit zurück. Er vernahm anstatt des bewundernden Beifallssturms nun das donnernde Klatschen der hohen Wellen an die Schiffswand und ein ohren-betäubendes Tosen der harten Brecher. Das Meer war ungeheuer bewegt und Hannes spürte, wie das Schiff bedrohlich schlingerte. Es neigte sich mal nach links und mal nach rechts. Dann wieder wurde es durch die Wellen angehoben, um an-schließend gleich nach unten gedrückt zu werden. Die eine Bewegung löste sehr schnell die andere ab.

Hannes verstand nicht, was geschah; er hatte so etwas noch nie zuvor erlebt. Um genau sehen zu können, was los war, bohrte er sich noch ein Stück tiefer in die Bordwand hinein. Es war sehr anstrengend, aber bald hatte er das Ende der Wand erreicht, und er konnte wie durch ein Fenster nach außen schauen.

Er blickte in den stockdunklen Himmel. Dicke Regentropfen klatschten auf das pechschwarze Wasser, das wie ein riesiges, finsteres Loch unter ihm erschien. Die starken Sturmwellen schlugen heftig gegen das Schiff, so dass es extrem schaukelte. Ein riesiger Brecher nach dem anderen krachte gegen die Schiffswand, und die Planken ächzten und stöhnten.

Hannes hatte bei all den Turbulenzen Angst, den Halt zu verlieren, in die schwarze unheimliche Nacht und in das schwarze, kalte Wasser zu stürzen. Er rutschte durch die Bordwand zurück und ließ sich auf das Deck fallen. Dort gelang es ihm, sich zur Plane zu schlängeln. Darunter wollte er seine kleine Wohnung finden, doch er suchte vergeblich nach dem kleinen Holzstück. So sehr er auch danach Ausschau hielt, es war nirgends zu sehen. Die Hoffnung, es wieder zu finden, schwand schnell, und Hannes wurde immer aufgeregter. Plötzlich wurde er von einem gewaltigen Wasserschwall, der über die Bord-wand schwappte, getroffen und gegen eine Kiste gedrückt. Hannes wünschte sich nichts lieber, als diesen gefährlichen Ort so schnell wie möglich zu verlassen. Vorsichtig kroch er an der Kiste entlang und fand an deren anderem Ende ein Rettungsboot. Nun beobachtete er, wie einige

Männer das Boot aus seiner Verankerung lösten. Hannes bohrte sich ganz schnell in den Kiel des Ruderbootes und fraß sich immer weiter hinein, bis er an den oberen Planken angekommen war. Das Geheul des tobenden Sturmes und der heranrollenden Wellen wurde immer dröhnender, tosender und durchdringender. Plötzlich vernahm Hannes ein Brechen und Splittern. Schiffsmasten knickten um und fielen über Bord. Der Kahn neigte sich zur Seite. Ein großer kräftiger Mann, – bestimmt der oberste Pirat –, dachte Hannes, kam zum Rettungsboot gelaufen. Laut und aufgeregt rief er immer wieder mit rauer, von Whisky gezeichneter Stimme: „Alle Mann ins Rettungsboot! Das Schiff sinkt!"

Das Boot mit Hannes und den Männern wurde eilig zu Wasser gelassen. Die Schiffsbesatzung, einschließlich des Kapitäns, sprang flink in das rettende Beiboot und ruderte um ihr Leben. Die Männer mussten sich sehr beeilen, damit der Sog des sinkenden Schiffes sie – und mit ihnen Hannes – nicht in die Tiefe des Ozeans zog.

Hannes dachte derweil: Lieber mit Piraten zusammen im Rettungsboot, als mit dem Schiff auf dem Meeresgrund. Er bohrte sich so weit in das Boot hinein, dass kaum noch Wasser in seinen Gang eindringen konnte. Dann beschloss er, sich still zu verhalten und hoffte, dass die rudernden Männer es schaffen würden, das Boot aus der Gefahrenzone zu bringen. Hannes war müde und schlief trotz der drohenden Lebensgefahr, in der er sich befand, erschöpft ein.

36

Einige Stunden waren vergangen, als er wieder wach wurde und feststellte, dass der Wellengang nachgelassen hatte und das Meer ruhiger geworden war. Das riesige Schiff war mittlerweile gesunken. Außer dem kleinen Rettungsboot war weit und breit kein anderes Schiff zu sehen. Von der Strömung erfasst, trieb das Boot immer weiter fort. Es wurde sehr kalt, und ab und zu schneite es sogar. Hannes hörte, wie einer der Seeleute sagte: „Männer, ich glaube wir sind in der Nähe von Kap Hoorn!"

Diesen Namen hatte Hannes noch niemals zuvor gehört. Er war davon überzeugt, dass es sich um einen Ort handeln müsse, an dem Piraten zu Hause sind.

Es war wohl am fünften Tag nach dem Sturm, als endlich Land in Sicht kam. Die Matrosen und ihr Kapitän ruderten das Boot an die Küste. Sie waren tatsächlich an der Spitze von Südamerika angelangt.

Die Seemänner gingen an Land. Hannes war allein und dachte über seine prekäre Situation nach. Auch sein Versprechen, das er seinem neuen Freund Schlicki gegeben hatte und wegen dem er nun an diesem unbekannten, fernen Ort war, fiel ihm ein. Er resümierte:

Freunde soll man nicht enttäuschen.

Versprechen hielt er in der Regel. Denn Hannes war ein Holzbohrwurm, nicht nur der Worte, sondern auch der Taten. Sein langjähriges Erfolgsprinzip war: „Man muss es auch tun!"
Doch wie sollte er nur an einem Ort, den er nicht kannte, an die versprochenen Perlen kommen? Selbst, wenn er die Perlen fände, wie konnte er mit ihnen zurück nach Cuxhaven gelangen? Musste er dazu etwa wieder durch den gefährlichen Sturm? Nicht auszudenken! Hannes, der noch immer im Kiel des Rettungsbootes saß, war hilflos. Schließlich entschied er tapfer:

Jeder Weg beginnt mit einem Schritt

und kroch aus seinem Unterschlupf heraus. Irgendetwas musste er unternehmen, aber was?

Plötzlich hörte er ein Schaben und Kratzen hinter sich. Als er sich umschaute, bemerkte er einen dicken, mit Haaren bewachsenen Krebs im Sand.
„Moin Moin, wer bist du denn?" fragte Hannes den Krebs.
Der antwortete: „Nenn mich Feuerland. Ich bin der Wollhandkrebs und heiße Feuerland."

Alles klar, Feuerland. Moin Moin!" rief Hannes.
Erstaunt fragte Feuerland: „Wer bist du, und woher kommst du?"
Hannes antwortete, dass er von der weit entfern-. ten Nordsee angereist sei, und nun auf der Suche nach drei Muschelperlen für seinen Freund war, damit der ein passendes Hochzeitsgeschenk für seine Braut vorzuweisen hat.
„Für deinen Freund machst du so eine weite und gefährliche Reise?" staunte Feuerland ehrlich.
„Du musst ja ganz schön mutig sein."
„Nun ja, man tut eben was man kann. Zuhause nennt man mich auch den Pirat der Meere!" rief Hannes stolz aus.
„Auweia." erwiderte Feuerland ziemlich beeindruckt.
Plötzlich erschien ein Riesenkrokodil auf der Bildfläche.

Hannes, der so ein Tier noch nie gesehen hatte, flüchtete mit einem Angstschrei in sein Loch im Rettungsboot.

„He, du Pirat der Meere, das ist doch nur Muñeca, unsere Püppi. Sie ist alt und hat schon alle Zähne verloren. Du brauchst wirklich keine Angst vor ihr zu haben."

„… Das muss man ja wissen…", stammelte Hannes kleinlaut. Nur langsam traute er sich wieder aus seinem Versteck hervor. Er schämte sich, dass er sich so ängstlich gezeigt hatte, aber Feuerland schien in Ordnung zu sein. Jedenfalls machte er sich nicht über Hannes Angst lustig. Stattdessen sagte der Krebs weise: „Wenn Du von so weit herkommst, hast du vielleicht noch niemals Bekanntschaft mit so einer wie unserer Püppi gemacht, stimmt's?"

„Genau so ist das", bestätigte Hannes.

„Na, dann pass mal gut auf, wenn du der Riesenschildkröte begegnest."

„Was!"

Hannes schrie mit weit aufgerissenen Augen laut auf. Feuerland klärte ihn beschwichtigend auf: „Du musst zu den Galapagos-Inseln schwimmen. Dort wohnt die Schildkröte Amelie. Sie ist sehr nett und wird dir sicherlich weiterhelfen, damit du deine Perlen bekommst."

„Hm, das hört sich gut an", beruhigte sich Hannes wieder. „Aber von den Inseln habe ich noch nie gehört. Sind sie weit von hier?"

Feuerland zeigte mit einer seiner Zangenspitzen in die Ferne und sprach mit bedeutungsvoller Stimme: „Ziemlich weit, wenn man nicht fliegen kann. Die Galapagos-Inseln sind alte erloschene Vulkane, die sich aus dem Meer erhoben haben. Diese Vulkane wurden nach jedem Ausbruch größer, bis sie schließlich als Inseln aus dem Meer ragten. Der Wind wehte später Samen auf die Inseln. Insekten wurden mit Strandgut angeschwemmt, und viele andere Tiere kamen angeschwommen oder angeflogen. Galapagos ist ein herrliches Paradies geworden."

„Woher weißt du das alles so genau? Bist du schon einmal dort gewesen?" Hannes staunte nicht schlecht.

„Das weiß ich alles von der Riesenschildkröte Amelie. Die macht ab und zu mal Urlaub hier. Sie ist sehr nett und wird dir bestimmt bei deiner Schatzsuche helfen."

Hannes hatte aufmerksam zugehört. Er wollte antworten, doch zögerte er zunächst. Schließlich blieb ihm gar nichts anderes übrig, als etwas zuzugeben, was ihm, da er sich als „Pirat der Meere" vorgestellt hatte, ziemlich peinlich war:

„Ich kann nicht schwimmen. Ich brauche ein Stück Holz, das mich trägt."

„Nicht verzagen, Feuerland fragen! Ich habe vorhin am Roten Strandfelsen ein Stück Holz liegen gesehen. Vielleicht ist das ja genau das richtige für dich? Komm, Hannes, lass uns nachsehen."

Während der Wollhandkrebs mit seinen langen Beinen loskrabbelte, kroch Hannes mühsam hinterher. Er fühlte sich durch die Strapazen der letzten Zeit sehr geschwächt. Endlich war der rote Strandfelsen erreicht, und sie waren vor einem schönen Stück Holz angelangt. Als Hannes es näher betrachtete, erkannte er es erfreut als seine geliebte alte Behausung wieder, die ihn quer über den Atlantik getragen hatte. Offensichtlich war seine alte Wohnung nach dem Untergang des Schiffes, durch die Strömung des Wassers und des Windes, genauso wie er selbst, an den Strand getrieben worden. Hannes kroch nah an das Holzstück heran und fand sofort den Eingang seiner Röhre. Aber was war das? Der Eingang war viel kleiner und enger geworden. Da hatten sich doch zwei Seepocken frech in seinem Eingang verschanzt. Hannes stieß gegen die Seepocken und schubste sie, um sie zu vertreiben, aber es wollte ihm nicht gelingen. Sie rührten sich nicht, befanden sich in tiefem Schlaf und hatten ihre Kalkgehäuse verschlossen.

Doch wozu war Hannes ein Holzbohrwurm? In Windeseile bohrte er sich eine zweite Röhre in das Holz. So lebte er nun in einer Wohnge-meinschaft mit zwei Seepocken. Mal sehen, wie es wird, dachte Hannes aufgeschlossen. Er verab-schiedete sich vom Krebs Feuerland und krabbel-te tief in seine Röhre hinein. Feuerland warnte ihn noch: „Vor der gefährlichen Kompassqualle

Medusa solltest du dich in Acht nehmen. Sie hat giftige Stacheln, mit denen sie, als ´Brennnessel des Meeres`, gerne zusticht."

Dann wünschte er Hannes viel Glück und Erfolg und drückte das Holzdomizil mit ihm an Bord ins Wasser. Er rief: „Holz, ahoi!"

Feuerland schickte Hannes noch viele Grüße an die Riesenschildkröte Amelie hinterher, da war der auch schon mit seiner neuen, alten Wohnung auf und davon. Nun ging es mit dem starken, aber auch sehr kalten Humboldt-Strom weiter, zunächst in Richtung Norden. Hannes konnte immer noch die Westküste von Südamerika sehen. Die Passatwinde, die in die gleiche Richtung bliesen, wurden zusehends stürmischer. Gigantische Wellen schossen in die Höhe und schoben das kleine Holz mit Hannes wie einen Weinkorken vor sich her. Als die See sich wieder beruhigt hatte, öffneten die Seepocken ihre Schalen. Kleine Fäden stießen heraus und fischten im Wasser nach Nahrung. Sie merkten plötzlich, dass sie nicht mehr nur zu zweit waren und erschraken, als sie Hannes erblickten. Der wollte sie nicht noch mehr beunruhigen, und so stellte er sich ausnahmsweise mal nicht als Pirat der Meere vor, wie er das sonst gern tat, sondern als Hannes von der Nordsee. Das war auch gut so, denn beide Seepocken, die sich als Fips und Fiete vorstellten, fassten Vertrauen zu Hannes und erzählten ihm, dass sie auch von der Nordsee stammten. Die beiden waren absichtlich auf weite Reise gegangen, wollten die Welt kennen lernen und befanden sich nun schon eine ganze Weile auf der Suche nach neuen Abenteuern. Als Hannes ihnen seine Geschichte erzählte, dass er die weite Reise eigentlich nur deswegen unternahm, um die Liebe seines Freundes anzuschieben, waren Fips und Fiete sehr gerührt. Da sie eine große Lust auf Abwechslung verspürten und immer schon mal auf Schatzsuche gehen wollten, beschlossen sie, bei Hannes zu bleiben, um gemeinsam mit ihm nach den Perlen zu suchen.

Sowohl die Strömung des Meeres als auch die Passatwinde wechselten nun die Richtung. Das Holz trieb nun haarscharf nach Nordwest, genau den Galapagos-Inseln entgegen, wo sie die Schildkröte Amelie treffen sollten. Hannes schaute nachdenklich über den Kamm einer Welle, als neben ihm plötzlich ein großer Fisch auftauchte. Dieser war der Tigerhai „Vielfraß". Ohne auch nur einen Laut von sich zu geben, riss der Hai das riesige Maul, mit ganz vielen Zahnreihen hintereinander, auf und schnappte sich das Holz mit Hannes, Fips und Fiete, wohl in dem Glauben, dass es ein wohlschmeckender Fisch sei. Die Seepocken schlossen vor Schreck ihre Gehäuse. Sie sahen und hörten nichts mehr. Hannes kroch in die hinterste Ecke seiner Röhre, wo er wie gelähmt kauerte. Auch er konnte nichts mehr sehen und betete nur noch: „Lieber Gott verlass mich nicht, ich verlass Dich auch nicht."

In diesem Augenblick gab es ein lautes gurgeln-des Geräusch. Der Tigerhai „Vielfraß" machte offenbar eine Diät und spuckte das Holz mit seinen Bewohnern – in hohem Bogen – wieder ins Wasser zurück.

„Pfui, war das ein ekelhafter harter Fisch!", hörte Hannes ihn laut fluchen. „Fast hätte ich mir daran die Zähne ausgebissen!" schimpfte Vielfraß verärgert. Mit einem zappelnden Ruck tauchte der Hai wieder nach unten ab und ward nicht mehr gesehen.

Erleichtert seufzte Hannes: „Gott sei Dank! Das ist ja gerade noch mal gut gegangen."

Er stieß mit seinem Kopf aufmunternd gegen die Seepocken und rief: „Hey, Fips und Fiete, wir leben noch!"

Vorsichtig öffneten die Seepocken ihre Schalen und lugten heraus. Als sie die Sonne erblickten, wussten sie, dass sie gerettet waren.

Die drei Freunde wollten sich endlich von den entkräftenden Strapazen ausruhen, als schon wieder eine neue Aufregung nahte. Das Holz stieß gegen etwas Weiches und wurde teilweise kräftig unter Wasser gedrückt.

Hannes erspähte die Kompassqualle „Medusa", die sich laut schnaubend und pumpend durch das Wasser bewegte. Eindringlich sagte er zu Fips und Fiete: „Ihr dürft sie nicht berühren! Sie könnte euch mit ihren giftigen Stacheln stechen. Sie ist die Brennnessel des Meeres."

Zum Glück hatte Medusa es offensichtlich eilig, denn sie ließ sich nicht gemütlich im Wasser treiben, sondern schwamm flink davon, indem sie ihren glockenförmigen Schirm öffnete und wieder zusammenzog. Also hatte sie Hannes und seine Freunde bald hinter sich gelassen.

Drei Tage schipperten Hannes, Fips und Fiete noch über die glücklicherweise ruhige See, als endlich die Galapagos-Inseln in der Ferne zu sehen waren. Ab dem Zeitpunkt war das Holzheim mit den Dreien noch einen ganzen Tag lang unterwegs, bis es schließlich an die Westküste von „Isabella", einer dieser fremden Inseln angeschwemmt wurde. Mit großer Anstrengung hielten die drei Freunde Ausschau nach der Schildkröte Amelie. Das ist gar nicht so einfach, wenn man von der Nordsee kommt, und noch niemals zuvor eine Schildkröte gesehen hat. Mit einem heftigen Ruck war das Holzstück mit seinen drei Bewohnern auf den Strand aufgelaufen. Eine Welle schleuderte es in den Sand. Hannes beschloss, sich allein auf die Suche nach Amelie zu machen, während Fips und Fiete das gemeinsame Heim bewachen wollten. Stundenlang war Hannes auf der anstrengenden Suche nach der Riesenschildkröte. Es war die Mittagszeit. Die Sonne brannte erbarmungslos heiß. Hannes hatte Angst auszutrocknen. Er rollte sich im feuchten Sand am Strand hin und her, gerade so, wie die Elefanten es tun, damit deren Haut nicht austrocknet. Was die großen Tiere können, das kann ich schon lange, dachte unser schlauer Wattwurm, und die Feuchtigkeit half tatsächlich, dass es ihm bald wieder besser ging und er weiter vorwärts kam. Abwechselnd hielt er Ausschau nach Amelie und rollte sich durch den feuchten Sand. Während er noch suchend und grüblerisch vor sich hinkroch, musste er plötzlich vor einem Hindernis Halt machen. Ein gewaltiger Hügel befand sich genau vor seiner Nase. Auch das noch, dachte Hannes. Jetzt muss ich hier auch noch Berge erklimmen. Mir bleibt einfach gar nichts erspart! Mühsam begann er, den Hügel zu erklettern, als er unerwartet unter sich eine schnaubende Stimme vernahm: „Wer kitzelt da meine Nase?"

Hannes erschauderte fürchterlich. Durch diesen Schrecken verlor er den Halt, rutschte von der bereits zeitraubend bezwungenen Anhöhe wieder herunter und fiel der Länge nach in den Sand – einem riesengroßen Tier, das Hannes völlig fremd war, direkt vor das Maul.

Brummig sagte dieses unbekannte Wesen: „Na, Du kleiner Wurm, willst mir doch wohl nicht den Weg versperren?"

„Oh, doch… Ich meine natürlich nein", stammelte Hannes. Eine entsetzliche Angst keimte in ihm auf. So eine gewaltige Kreatur hatte er noch nie zuvor gesehen. Dennoch beschloss er, seinen ganzen Mut zusammenzunehmen und einfach weiter zu sprechen. Nur keine Angst zeigen, dachte er und erklärte mit bebender Stimme: „Ich bin seit Stunden auf der Suche nach der Schildkröte Amelie und habe die Hoffnung schon fast aufgegeben, sie zu finden."

„Na, dann hast du mich ja nun gefunden" sagte der gewaltige Hügel, jetzt schon viel freundlicher und nicht mehr so brummig.

„Wer schickt dich zu mir, und was willst du von mir?"

Die Angst war von Hannes gewichen. Er stellte sich trotzdem nicht als „Pirat aller Meere" vor, sondern zog es vor, gegenüber der Riesenschildkröte nicht hochzustapeln. Er berichtete von seinem Freund, dem hilfsbereiten Wollhandkrebs „Feuerland", von der Perlensuche und seiner Hoffnung, dass die Schildkröte ihm bei dieser Suche helfen würde.

Amelie dachte eine Weile ruhig nach. Schildkröten machen alles in Ruhe, auch das Nachdenken. Das bringt am Ende nämlich die besten und beständigsten Ergebnisse. Dann sagte sie zu Hannes: „Na, dann komm mit mir, kleiner Wurm. Krieche auf mich hinauf, aber dieses Mal bitte auf meinen Panzer, da bin ich nämlich nicht kitzelig. Dann schwimmen wir gemeinsam zur anderen Seite von ´Isabella`."

„Isabella?" fragte Hannes ungläubig.

„Ja, so heißt diese Galapagos-Insel, die mein Zuhause ist."

„Ach so!"

Hannes wunderte sich, was für einen schönen Namen eine Insel am anderen Ende der Welt hatte. Er wagte noch einmal den Aufstieg, dieses Mal auf den dicken Panzer von Amelie, die übrigens mit Spitznamen „Dicker Panzer" hieß. Als er endlich oben angekommen war, erklärte die Schildkröte: „Am anderen Ende der Insel wohnt eine gute Freundin von mir. Es ist die Muschelauster Scarlett. Vielleicht hat sie eine Perle für dich übrig."

„Amelie, das wäre die Rettung!"

Hannes war guter Dinge. Vertrauensvoll hielt er sich am dicken Panzer der Riesenschildkröte fest, als sie elegant mit ihm zur anderen Inselseite schwamm. Nachdem sie das Ziel erreicht hatte, glitt sie langsam und behäbig, immer noch mit Hannes auf ihrem Rücken, in eine sumpfige Landschaft.

„Wir sind in der Sumpfbucht angelangt. Hier wohnt meine Freundin Scarlett", erklärte Amelie. Die Riesenschildkröte hatte es gerade ausgesprochen, da erspähte Hannes etwas unter einer Palme, das strahlte und glitzerte bezaubernd im

Licht der Sonne, wie ein Diamant. So etwas Herrliches hatte er noch nie zuvor gesehen, dachte er, überwältigt von so viel Glanz und Schönheit. Er kam näher und starrte gebannt auf die Auster Scarlett. Sie hatte gerade ihre Schalen geöffnet. Die Sonne beschien die Schalen, die ganz aus Perlmutt waren, und der Glanz der Sonnenstrahlen und der strahlende Perlmuttglanz leuchteten um die Wette. Es gab ein Farbenspiel von ganz besonderer Magie. Mittlerweile war Hannes von Amelies Panzer herabgerutscht. Begeistert kroch er näher an Scarlett heran, um sie auf Augenhöhe betrachten zu können. Aus dieser neuen Perspektive heraus bemerkte er eine wunderschöne weiße Perle, die in den Austernschalen lag. Scarlett freute sich sehr über den Besuch ihrer Freundin vom anderen Ende der Insel. Aber was Amelie heute nur von ihr wollte! Sie sollte als gute Fee mit der Hergabe ihrer schönen Perle eine Liebe stiften! Da Scarlett eine sehr romantische Auster war, und ihr die Geschichte, die Hannes von dem verliebten Wattwurm aus der Nordsee und von Liebe, Treue und vielen Kindlein, erzählte, sehr gut gefiel, entschloss sie sich leichten Herzens dazu, ihre Perle für den guten Zweck zu spenden. Für Scarlett bedeutete die Perle glänzenden Schmuck, auf den sie stolz war. Aber wenn eine Liebe durch **ihre** Perle besiegelt würde, war das noch viel wertvoller und machte sie umso stolzer.

Deshalb folgte die Auster der Riesenschildkröte und Hannes zum Strand. Alle drei machten sich auf den Weg zu Hannes' Holzhaus. Fips und Fiete, die eigentlich Wache halten sollten, waren zwischenzeitlich eingeschlafen und wurden erst wieder wach, als Hannes begann, sich rumorend in das Holz zu bohren, um eine Garage zu bauen. Das sorgfältige Aushöhlen bedeutete eine enorme Anstrengung für ihn, weil die Perle ziemlich groß war. Schließlich schaffte er es, ein Loch nach Maß zu bauen, in das die Auster ihre Perle legte und aus dem diese nicht herausrollen konnte. Fiete setzte sich in den Eingang vor die Perle, um sie zu bewachen. Hannes dankte Scarlett und der Riesenschildkröte Amelie von Herzen. Dann machte er sein Holzstück klar zum Ablegen. Beim Abschied offenbarte die Auster Scarlett, dass im Korallenmeer bei Australien, sehr viele Verwandte von ihr wohnen. Wenn das nicht zu weit wäre, könne er sich ja dort nach den zwei für die Sammlung noch fehlenden Perlen umsehen. Hannes war es schwer ums Herz. Am liebsten hätte er die Insel Isabella gar nicht mehr verlassen, denn es war etwas geschehen, das gar nicht in seinen Plan passte. Er hatte sich Hals über Kopf in die schöne Scarlett verliebt. In seinen Augen war sie engelsgleich. Selbst ohne ihre Perle strahlte sie ihn an. Ihr großzügiges, uneigennütziges Wesen war jedenfalls keine Selbstverständlichkeit und etwas ganz Besonderes. Umso mehr, da sie ihn, Hannes, eigentlich gar nicht kannte, Scarletts Uneigennützigkeit machte sie in seinen Augen noch viel schöner und edler. Schwärmerisch beteuerte er: „Scarlett, niemals werde ich vergessen, welches Opfer du für mich gebracht hast. Niemals!"

Scarlett antwortete: „Ach, weißt Du Hannes, die schönste Perle entsteht, wenn ein Sandkorn in eine Auster wie mich gelangt. Die innere Perlmuttschicht unserer Austerschale legt sich nach und nach darum. Deinen großartigen Mut will ich belohnen. Nimm meine Perle mit Dir fort. Dir zuliebe will ich mich auf die Suche nach einem neuen Sandkorn machen, dann habe ich nach einer langen Zeit wieder eine Perle."

Auch Scarlett hatte sich in Hannes verguckt. So ein mutiger Wurm, der eine gefahrvolle Welt-reise nicht scheut, um einem Freund etwas Gutes zu tun und zu helfen. Stark, dass es so etwas in unserer heutigen Zeit noch gibt, dachte Scarlett verzückt. Hannes wäre gern für immer bei ihr geblieben, aber manchmal laufen die Dinge im Leben leider anders, als man sie selbst gern hätte. Schweren Herzens entschloss er sich, dem, Versprechen, das er seinem Freund gegeben hatte, zu folgen und Schlicki die Perle zu bringen, damit der seiner Liebsten endlich einen Heiratsantrag machen würde.

Alle winkten sich noch einmal zu. Dann schob Amelie mit ihrem Maul das Stück Holz mit Hannes, Fips, Fiete und der Perle ins Wasser. Ein letzter, sehnsuchtsvoller Blick zu Scarlett, und es hieß wieder mal: „Holz, Ahoi!"

Während das Holz wieder auf den Wellen tanzte, hielt Hannes ein kleines Schläfchen. Die vielen neuen Eindrücke hatten ihn sehr ermüdet. So konnte er der liebreizenden Scarlett wenigstens im Traum nahe sein.

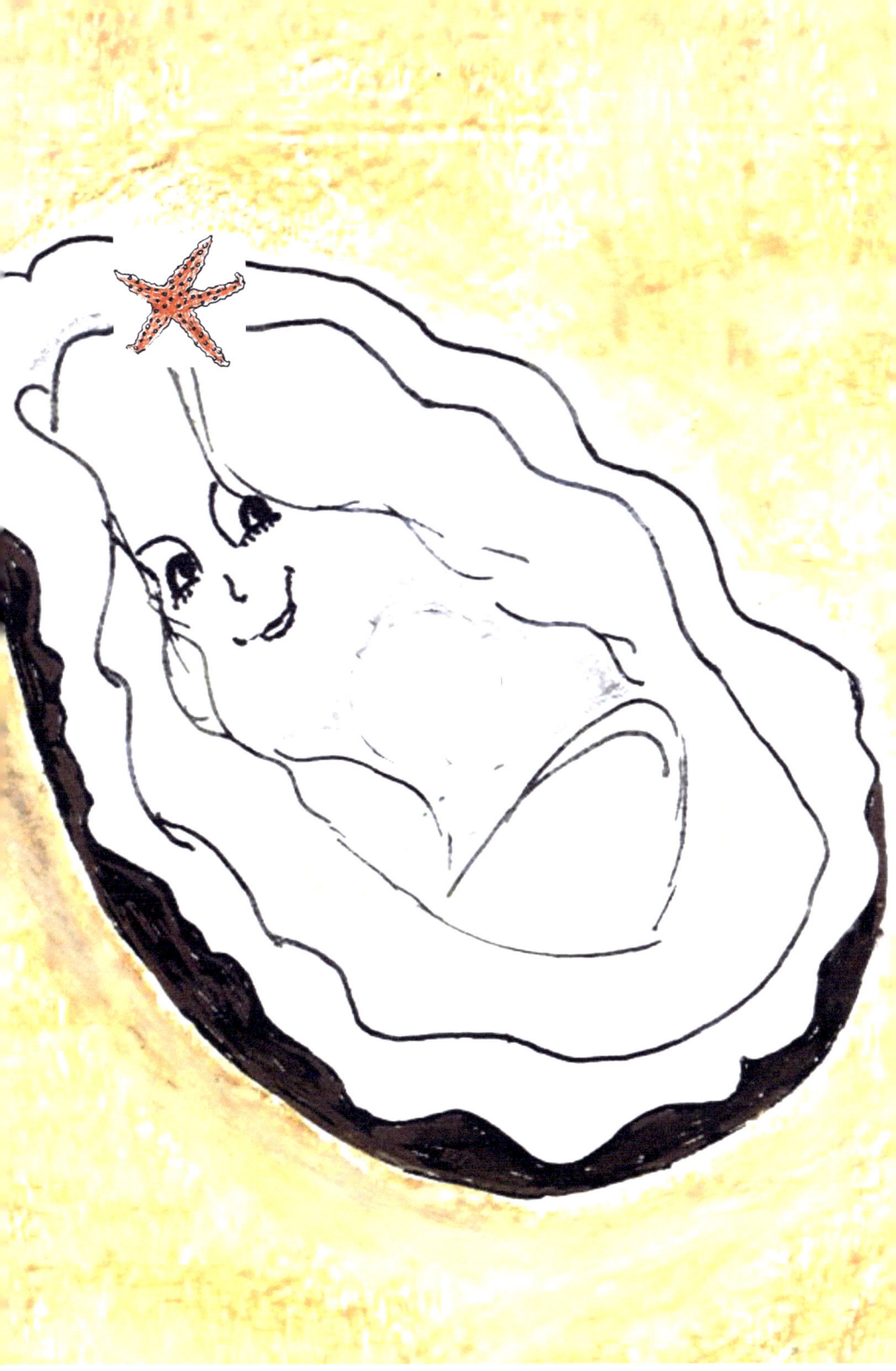

Es war mitten am Tag. Die Sonne stand über den Freunden und leuchtete hoch oben am Himmel. Als Hannes wieder aufwachte, war es immer noch Tag, aber der Himmel wurde allmählich dunkler. Schwarze Wolken zogen auf, und es begann in Strömen zu regnen. Die Wellen wurden höher und steiler.

„Oh, nein! Nicht wieder ein Sturm!" rief Hannes.

„Oh, nein!" riefen Fips und Fiete."

Sie schlossen sicherheitshalber schon mal ihre Gehäuse. Der Wunsch nach einem Nickerchen war Hannes jäh vergangen. Er zitterte vor Angst und bohrte sich noch tiefer in seine Röhre hinein. Die Freunde befanden sich mitten auf dem weiten Meer. Sie waren umgeben von lautem Donnern und Grollen. Die Wellen türmten sich haushoch auf und brachen mit lautem Krachen wieder zusammen. Das Holz rissen sie wie einen Spielball hin und her. Hannes wurde schwindelig. Alles drehte sich um ihn, und er verspürte überall Schmerzen. Die Perle wurde in ihrer Garage von Fiete gesichert. Aber Hannes machte sich große Sorgen, das die Perle für Fiete zu schwer werden könnte und ihn aus dem Holz herausdrücken würde. Armer Fiete. Er musste jetzt besonders stark sein, dachte Hannes. Hoffentlich würden sie alle den Sturm gesund überstehen. Das schreckliche Unwetter dauerte zwei ganze Tage. Als der starke Wind endlich nachließ, wurden auch die Wellen wieder flacher. Sogar die Sonne trat endlich wieder aus den Wolken hervor. Nun wagte es Hannes, sich aus seinem Versteck zu bewegen. Voller Unruhe kroch er zu den Höhlen der Seepocken. Diese hatten gerade ihre Schalen geöffnet und fischten mit ihren Fäden ihr Mittagessen aus dem Wasser. „Oh, ihr seid beide noch da und wohlauf!" freute sich Hannes.

„Was dachtest du denn? Wenn wir erst einmal irgendwo festsitzen, kann uns auch der stärkste Sturm nicht vertreiben", sagte Fips.

„Siehst du, so konnten wir die Perle auch gut bewachen", ergänzte Fiete lachend.

„Danke", sagte Hannes gerührt. "Wenn ich euch nicht hätte!"

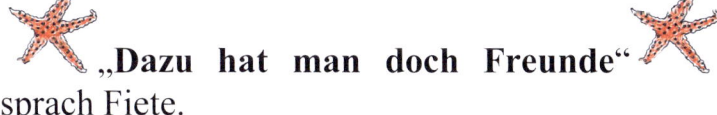 **„Dazu hat man doch Freunde"** sprach Fiete.

„Stimmt genau", bestätigte Fips Fietes Worte. Hannes war froh, die beiden getroffen zu haben. Wenn auch Scarlett nicht bei ihm sein konnte, was ihn immer noch sehr betrübte, so war er dennoch glücklich, zwei echte Freunde gefunden zu haben. Doch was war das? An Hannes`

schwimmendem Holzstück fiel ihm ein unge-
wöhnlicher, schwarzer Fleck auf. Er tastete sich
weiter vor, um die Veränderung zu untersuchen
und fand eine Miesmuschel, die sich ungeniert an
sein Holz geklebt hatte.

Die Miesmuschel öffnete ein wenig ihre Schalen
und blinzelte Hannes verträumt an.

„Wer bist du denn?" Hannes betrachtete das
hübsche Wesen überrascht. Die Muschel erzählte
ihm, dass sie die Hannah von der Galapagosinsel
Isabella sei. Dorthin war ihre Familie vor vielen
Jahren eingewandert und hatte sich mittlerweile
voll integriert. Am heimatlichen Strand hatte sie
sich seine Wohnung zu ihrem Schlafplatz ausge-
sucht. Nachdem sie gerade sanft eingeschlafen
war, habe sie irgendjemand ins Wasser gestoßen.

„Nachdem ich Todesängste bei dem Unwetter ausstehen musste, das ich zum Glück überlebt habe, weiß ich nun nicht, wie es weiter gehen soll", klagte die Miesmuschel Hannah abschließend.

„Komm doch mit uns ins Korallenmeer", bot Hannes ihr an. „Dann sind wir schon zu viert. Wir sind auf Schatzsuche und..."

Weiter konnte Hannes nicht sprechen. Die Holzbehausung wurde von einem wahren Giganten ergriffen und in eine schwindelnde Höhe gehoben. Alle vier waren zu Tode erschrocken. Ging der Sturm etwa schon wieder los? Schließlich erkannten sie, dass sie auf dem Buckel eines großen Wales gelandet waren. Der Wal pfiff und stieß eine hohe Wasserfontäne aus. Er wollte gerade wieder in das tiefe Wasser hinabtauchen; seine gewaltigen Schwanzflossen brachten das Meer noch in einem weiten Umkreis zum Erbeben, als er die verzweifelten Hilfeschreie der vier Holzinsassen hörte. Hannes schrie am lautesten.

„Nanu, was war das?" fragte sich der Wal und hielt inne, um an der Wasseroberfläche den Radaubruder zu orten. Er konnte ihn nicht sehen, aber er spürte etwas Winziges, Kribbliges auf seinem Rücken.

„Wer ist da auf meinem Buckel, und schreit mich an?" fragte der Wal. Hannes berichtete zitternd, er wolle mit seinen drei Freunden nicht ersaufen und auch nicht dem Meeresboden gleichgemacht werden, sondern ins Korallenmeer und dann wieder nach Hause zur Nordsee.

„Nun, ihr braucht keine Angst vor mir zu haben. Ich bin Rocky, der Wal. Ich bin zwar groß, aber führe nichts Böses im Schilde. Und wenn wir schon das gleiche Ziel haben, könnte ich euch, wenn ihr wollt, gleich mitnehmen. Ich will nämlich auch in das Korallenmeer.

„Das ist ein perfektes Angebot!"

Diesen Vorschlag ließen die vier Freunde sich nicht zweimal machen. Gemeinsam überlegten sie fieberhaft, wie sie das Holzstück auf dem Rücken des Wales befestigen könnten.

„Ich kann das Problem lösen", piepste die Miesmuschel. „Schaut doch her, ich habe klebrige Fäden. Damit klebe ich das Holz einfach auf dem Rücken des Wales fest."

Gesagt, getan! Hannes war zunächst von dieser rätselhaften Klebevorrichtung nicht so ganz überzeugt, aber er wurde eines Besseren belehrt. Es war wie ein Wunder, das Holz saß tatsächlich bombenfest. Nun konnte die aufregende Reise auf dem Wal beginnen. Als alle vier Freunde

wieder einen sicheren Platz in ihrer WG einge-
nommen hatten, gab Hannes Rocky das Start-
signal. Der pfiff abermals laut, stieß einen gewaltigen Wasserstrahl nach oben aus, und mit hoher
Geschwindigkeit ging es nun ab in Richtung
Korallenmeer. Während des rasenden Ritts auf
dem Rücken des Wales, konnte sich keiner der
vier Freunde von der Stelle rühren. Es war wie
während des letzten Sturmes. Wenn der Wal in
die Höhe schoss, um nach Luft zu schnappen und
seine Fontäne in die Luft zu spritzen, wurde es
Hannes regelmäßig schlecht. Doch was erträgt
man nicht alles für das große Ziel!

Je näher sie dem Korallenmeer kamen, desto wärmer wurde das Wasser. Nach mehreren Tagen hatten sie es geschafft und ihr Ziel erreicht. Die vier Freunde fühlten sich ziemlich abgekämpft. Dabei hatte doch der Wal Rocky den weiten Weg für sie zurückgelegt. Nach ihrer Ankunft lösten sie ihre, am Walrücken festgeklebte Wohnung mühsam wieder ab, denn ihnen war klar, dass sie ihre Reise nun ohne Rocky fortsetzen mussten. Nach einem wehmütigen Abschied vom großen, neuen Freund, schnellte der noch einmal in die Höhe und zeigte seine riesengroße Fontäne. Dann tauchte Rocky unter und war verschwunden. An der Stelle, wo er abgetaucht war, bebte das Meer gewaltig. Ein ausgedehnter Schaumteppich, der nur langsam wieder verschwand, war das Einzige, was Hannes und seine Freunde noch an den liebenswerten Naturriesen erinnerte. Ihre kleine Wohnung trieb nun wieder allein auf den Wellen. Doch was war das? Nach einiger Zeit ragte nur noch die Spitze ihrer Holzbehausung aus dem Wasser. Das Holz sank tiefer und immer tiefer hinab zum Meeresgrund. Die Freunde waren hilflos und von Angst gelähmt. Sie wussten nicht, was geschehen war. Besorgt schaute Hannes aus seiner Röhre heraus. Alles um ihn herum war mit einemmal nur noch verschwommen zu erkennen. Mittlerweile war so viel Wasser in das Holz eingedrungen, dass es immer noch viel schwerer wurde. Langsam aber stetig sank es zum Meeresboden.

„Was geschieht nur mit uns?" rief Hannes und wieder einmal bat er inständig: „Lieber Gott, verlass mich nicht, ich verlass Dich auch nicht!"

Plötzlich gab es eine Erschütterung und die vier Freunde erschraken mächtig. Ihr Holzstück hatte auf dem Meeresboden aufgesetzt.

Die vier Freunde schauten zuerst sich an, dann sahen sie sich in ihrer neuen Umgebung um. Das Schauspiel, das sich ihren Augen unten auf dem Meeresgrund bot, war überwältigend schön. Sie beobachteten unzählige schillernde Fische, die das Holz neugierig umschwammen. Viele von ihnen waren so bunt und farbenprächtig, dass Hannes seinen Augen nicht trauen wollte. Denn selbst etwas halbwegs Ähnliches hatte er in der Nordsee noch nie zuvor gesehen. Einige der Fische stießen sogar mit ihrem Maul gegen seine Wohnung, ohne jedoch einen Schaden anzurichten. Das Holzstück hatte unmittelbar neben einer Höhle aufgesetzt. Davor kauerte die imposanteste Muschel, die Hannes jemals gesehen hatte. Es war eine riesengroße Zackenmuschel.

Sie hatte einen auffallend breiten Umfang und war mindestens einen Meter groß.

Die Riesenmuschel besaß ungeheuere Knopf-augen, mit denen sie die vier Freunde unentwegt anschaute.

In Zeitlupe bewegte sich aus der Höhle eine größere Gestalt heraus, die sich den vier Freun-den langsam näherte. Es war eine kriechende Schnecke, die direkt auf Hannes und seine Freunde zukam. Sie schnaufte und prustete, dann fragte sie: „Hallo, wer seid ihr denn?"

Hannes antwortete: „Wir sind vier Freunde, kommen aus der Nordsee und aus dem Atlantik. Ich bin der Hannes von Cuxhaven."

„Seid gegrüßt, ihr vier! Ich bin übrigens die größte Schnecke im Korallenmeer und heiße Holly. Was wollt ihr denn hier, tief unten in unserem unergründlichen Paradies?"

Hannes erzählte von seiner langen Reise, dem Wollhandkrebs Feuerland, der Riesenschildkröte Amelie, Scarlett, der Auster und Rocky, dcm Wal, der sie bis hierher gebracht hatte. Auch die Begegnung mit Vielfraß verschwieg er nicht. Er berichtete von dem Grund ihrer Ankunft und dass sie nicht freiwillig so tief getaucht seien.

Holly hörte Hannes` Geschichte mit großem Interesse zu. Als der abschließend hinzufügte, dass er eigentlich nur noch zwei Perlen finden müsse, damit er endlich wieder heim in seine Nordsee reisen kann, staunte Holly nicht schlecht.

„Ja, da seid ihr hier unten bei uns genau richtig ", versicherte sie. „Kommt doch mal mit in meine Höhle. Dort leben auch Glanz und Gloria, sie sind Perlenmuscheln und sehr gute Bekannte von mir."

Fips und Fiete zogen es vor, ihre Behausung und die Perle zu bewachen.

Hannes und Hannah folgten der Schnecke. Beide hatten überhaupt keine Ahnung, was sie erwartete. Auf jeden Fall fühlten sie sich zu zweit ein wenig sicherer. Als sie an der riesengroßen, starrenden Zackenmuschel, die am Eingang der Höhle lauerte, vorbeimussten, schmiegte sich Hannah ein bisschen näher an Hannes heran. Dieser wollte sein Unbehagen nicht zeigen und umschlang Hannah beschützend. Er hoffte, dass sie sein Zittern nicht bemerkte.

Die gigantische Muschel verdrehte furchterregend die Augen und schloss dann ruckartig ihre Schalen. Hannes und Hannah fielen vor Schreck fast um, beschlossen dann aber, dass

Gemeinsamkeit stark macht. Sie fassten einander an und folgten der Schnecke Holly in die Tiefe der Höhle hinein. Aus einer dunklen Ecke schoss ihnen auf einmal eine Fischmuräne entgegen. Ihr Maul ging auf und wieder zu. Herausfordernd sah sie die beiden Neuankömmlinge an.

Als sie jedoch bemerkte, dass Holly die Fremden anführte, zog sie sich wieder in ihre dunkle Ecke zurück.

„Die war zum Glück nur neugierig und nicht hungrig." stellte Hannes fest. Hannah nickte ihm lächelnd zu. Sie mussten noch durch zwei Höhlengänge hindurch, dann waren sie endlich bei Glanz und Gloria angelangt. Das Perlenmuschelpärchen saß an einem Stein und Glanz verspeiste gerade mit seiner Frau Gloria das

Abendessen. Holly stellte den beiden Hannes und Hannah vor.

„Ah, eine Miesmuschel, wie nett, eine Verwandte von uns!" rief Gloria entzückt aus und kam auf die beiden Gäste zu.

„Ja, es ist schön, überall auf der Welt nette Verwandte zu haben", entgegnete Hannah erfreut; „… von denen man zumeist gar nichts weiß", setzte Hannes hinzu. Beide waren dankbar, dass Gloria so sympathisch war. Nun erhob sich auch Glanz und stelzte Hannah und Hannes entgegen.

„Nun gut, dann seid mal herzlich willkommen hier in der tiefsten und dunkelsten Höhle auf dem Meeresgrund. Was hat euch überhaupt an diesen Ort geführt?"

Als Hannes verriet, dass er nur noch zwei Perlen vom Liebesglück seines Freundes entfernt war, wurden Glanz und Gloria sehr traurig. Gloria, die eine schöne schwarz-braune Farbe hatte, erzählte, dass Glanz und sie je eine wunderschöne Perle besessen hatten. Diese Glanzstücke seien ihnen jedoch von der raffgierigen Riesenmuschel Ozeana, die den Höhleneingang bewacht, gestohlen worden.

„Ihr müsst wissen", sagte Glanz, „Ozeana ist gemein und gefährlich für alle Tiere hier unten auf dem Meeresgrund. Alle gehen und schwimmen ihr aus dem Weg, so schnell sie nur können. Seitdem sie im Besitz unserer kostbaren Perlen ist, verschließt sie sofort ihre Schalen, sobald jemand in ihre Nähe kommt. In ihren harten Schalen sind die Perlen eingeschlossen, wie in einem Tresor."

Vom Eingang der Höhle näherte sich ein klopfendes Geräusch. Ganz langsam und tapsig kam eine Steinbohrmuschel angekrochen.

Hannes jubelte innerlich, denn er erkannte in der Steinbohrmuschel sofort eine Artverwandte. Er wusste, dass diese Muschel sich nicht nur in Holz, sondern auch in Kalkstein hineinbohren konnte. Da ja auch die Schalen der diebischen Riesenzackenmuschel aus einer Kalksteinschicht bestanden, nahte soeben die Lösung des Problems. Die Steinbohrmuschel Lilly schaute verdutzt, als Hannes freudestrahlend auf sie zu kam und sagte: „Dich schickt uns ein Engel!"

Lilly verlangte eine Erklärung für die überschwängliche Gemütsbewegung, die der Fremde ihr gegenüber an den Tag legte. Als sie erfuhr, dass es darum ging, Ozeana eins auszuwischen, war sie gern bereit, dabei behilflich zu sein, der diebischen Muschel die gestohlene Beute wieder abzunehmen. Gemeinsam entwickelten sie einen

Plan. Nach der Mittagszeit pflegte Ozeana täglich eine Stunde fest zu schlafen. Dieser Mittagsschlaf war für die Steinbohrmuschel Lilly die Gelegenheit, sich vorsichtig mit ihrer ätzenden Flüssigkeit in die dicke Kalksteinschale der Diebin einzubohren. Ozeana schlief tief und so fest, wie ihre harten Schalen aufeinander gepresst waren. Einfacher als angenommen erreichte Lilly die beiden Perlen, versetzte ihnen einen Stoß und rollte sie so aus der Riesenzackenmuschel heraus, direkt den beiden wahren Eigentümern entgegen.

Glanz und Gloria nahmen ihre Lieblinge freudig wieder in Empfang. Dann schenkten sie beide Schmuckstücke Hannes und Hannah. Sie erklärten feierlich, es sei ihnen eine Genugtuung, der raublustigen Zackenmuschel eine Lektion erteilt zu haben, woraus die hoffentlich etwas für ihre Zukunft gelernt habe. Schließlich kann das, was man in der Vergangenheit verloren hat, sich als Gewinn für die Zukunft herausstellen. Ob Raffke Ozeana das jemals begreifen wollen würde, war allerdings fraglich. Doch man soll die Hoffnung ja bekanntlich niemals aufgeben.

Nun hofften Glanz und Gloria, dass ihre Perlen im weit entfernten Watt der Nordsee zu Glücksbringern würden. Dieser Zweck war edel und ein

Gewinn; nur als eitler Tand, nutzlos verborgen in Ozeanas Tresor, waren die Perlen verloren.

Alles sollte jetzt sehr schnell gehen. Die vier Freunde mussten abgereist sein, bevor die große Zackenmuschel aus ihrem Mittagsschlaf erwachte. Deshalb half Lilly Hannes dabei, zwei neue Löcher für die beiden Perlen in seine Behausung zu bohren. Die Perlen wurden an ihren Platz geschoben, und Fips, Fiete und Hannah bewachten den Schatz, der mittlerweile schon aus drei Perlen bestand. Wie aber sollten die vier Freunde samt Behausung wieder an die Oberfläche des Meeres gelangen?

Ein bedrohliches Grunzen wurde laut. Es kam von Ozeana, die soeben erwacht war.

Die Schnecke Holly rief eilig ihren Freund, den Krake Eightfeet, herbei. Eightfeet hatte acht lange Fangarme und bewies sich als äußerst schneller Retter. Als Ozeana den Verlust der Perlen bemerkt hatte, stieß sie einen wütenden Schrei aus, klapperte gefährlich mit ihren harten, messerscharfen Schalen und näherte sich zügig Hannes und seinen Freunden.

In Windeseile hatte Eightfeet mit seinen Fangarmen die Behausung, in der die Freunde saßen, umwickelt und brachte sie mit spielender Leichtigkeit an die Wasseroberfläche. Er setzte die von Wasser durchtränkte Behausung mit den vier Freunden auf dem nächsten Riff ab und rief: „Holz ahoi!" Dann winkte er noch einmal mit einigen seiner acht Arme und verschwand wieder unter Wasser. Hannes und seine Freunde verweilten noch einige Stunden auf dem Felsen, ehe sie ihre gemeinsame Reise fortsetzten.

Die Behausung musste erst wieder trockener und leichter werden, um nicht gleich wieder unterzugehen. Zum Glück schien die Sonne, und die vier ließen sich gern von ihr bescheinen. Fips und Fiete blinzelten sich zu. Sie beobachteten Hannes und Hannah, die sich sehr gut verstanden und gar nicht mehr aufhörten, miteinander zu reden und zu lachen. Dann kam die Stunde der Wahrheit. Hannes bat Hannah, doch mit ihm in die Nordsee zu kommen. Er könne sich eine Weiterreise ohne sie keinen einzigen Tag mehr vorstellen.

„Gilt das nur für die Reise?" fragte Hannah kokett.

„Oh, nein, es gilt für mein ganzes Leben." sagte Hannes ehrlich. Hannah schmiegte sich ganz dicht an ihn und sagte, dass sie ihm gerne folgen wolle. Nach einer Weile wunderte sie sich, weil Hannes plötzlich so ruhig und nachdenklich geworden war und fragte ihn nach dem Grund. Hannes druckste herum, dann gestand er: „Ach, Hannah, jetzt habe ich drei Perlen eingelagert, die ich einem Freund für seine Braut bringen werde. Bevor wir heim zur Nordsee reisen, will ich erst noch Perlen für dich besorgen, denn ich will, dass du meine Frau wirst."

Hannah war von Herzen gerührt über diesen ergreifenden Heiratsantrag. Dazu kam, dass dieser schnuckelige Kerl genau ihr Typ war. Aber dann antwortete sie: „Ich heirate dich gerne, Hannes, aber nur unter einer Bedingung."

„Ja, welche denn?" fragte Hannes gespannt. Sie antwortete: „Ich möchte nicht, dass wir uns wegen ein paar Perlen noch einmal einer Gefahr aussetzen und nehme dich auch ohne Perlen zum Mann."

Das war wohl die schönste Liebeserklärung, die Hannes je gehört hatte. Fips und Fiete zwinkerten sich zu und Fips sprach: „Na fein, wir freuen uns über euer junges Glück. Dann können wir ja jetzt unsere Weltreise beenden. Fiete und ich haben auch genug Abenteuer erlebt."

Während sie noch überlegten, wie sie es an-
stellen sollten, auf dem schnellsten Weg nach
Hause in die Nordsee zu gelangen, näherte sich
unbemerkt ein Fischkutter. Er kam geradewegs
auf die vier Freunde zu.

Der Kutter hatte die Netze ausgeworfen, die im Wasser hingen, und alles, was sich im Bereich der Netze bewegte oder angetrieben wurde, war Fanggut. Auch die Behausung mit unseren vier Freunden wurde erfasst und mit vielen Fischen, Krabben und Krebsen an Bord des Kutters gehievt. Oben öffnete sich das Fangnetz, und alles was schwimmen, kriechen und krabbeln konnte, wurde unbarmherzig auf einen einzigen Haufen geworfen. Todesängste machten sich breit. Viele Fische sprangen noch auf dem Deck hin und her. Angst hatten auch unsere vier Freunde. Ihr Holzstück mit den drei Perlen knallte in hohem Bogen auf das Deck und blieb genau vor den Füßen eines Fischers liegen. Angstvoll blickte Hannes auf die großen, schweren Schuhe des Mannes und dachte: Lieber Gott, verlass' mich nicht, ich verlass' Dich auch nicht!

Mit einer Schaufel hob dcr Fischer das Holz leicht an. Ohne es weiter zu beachten, ließ er es in eine Ecke rollen, wo es unbeachtet liegen blieb.

Hannes und seine Freunde waren über den ersten Schrecken hinweggekommen, doch was sollten sie jetzt tun? In ihrer Ecke hatten sie zunächst die Ruhe, um zu überdenken, wie es denn nun mit ihnen weitergehen sollte. Sie mussten irgendwie mit ihrem Holz vom Schiff kommen, aber wie? Während sie angestrengt überlegten, näherte sich hinter ihnen ein tapsendes Geräusch. Es kam vom Taschenkrebs „Eddie".

Auch Eddie wollte vom Schiff fliehen und war auf der Suche nach einem geeigneten Fluchtweg. Er sagte zu Hannes: „Ich bin gerade an einem Loch vorbeigekommen. Der Durchmesser ist doppelt so groß wie euer Holz, und es führt direkt ins Meer. Allerdings steckt ein Lappen in dem Loch. Wenn wir warten bis es dunkel wird, kneife ich mit meinen Zangen den Lappen durch. Wenn ihr wollt, schiebe ich euch mit eurer Behausung zu dem Loch."

Die Rede des Taschenkrebses machte unseren vier Freunden wieder Mut. Eddie fügte hinzu: „Wenn ihr alle fest in euren Röhren sitzt, gebe ich eurem Holz einen Schubs und stoße es durch das Loch von Bord. Anschließend lasse ich mich selbst ins Wasser fallen."

„Du bist genial", schwärmte Hannah, und Hannes, Fips und Fiete nickten dazu. Hannes war noch nicht mal eifersüchtig, denn Eddie war möglicherweise ihr Lebensretter.

Stunden vergingen bis es endlich dunkel wurde. Es waren Stunden des qualvollen Wartens. Den vier Freunden kamen sie vor wie eine Ewigkeit. Noch waren laute Geräusche an Bord zu hören. Mehrere Matrosen waren mit der Reinigung des Schiffes beschäftigt. Als die Sonne unterging, wurde es schnell dunkel. Zu guter Letzt war an Deck alles ruhig. Die Seeleute unterhielten sich im Inneren des Schiffes. Ab und zu waren laute Wortfetzen zu hören. Das Holzstück mit unseren Freunden lag immer noch in der Ecke, und der Taschenkrebs hatte sich dahinter verkrochen.

Jetzt wurde es höchste Zeit. Eddie tapste flink zum Loch. Den Lappen mit seinen Zangen durchzukneifen, bereitete ihm kaum Mühe. Es gelang ihm bald, die Öffnung frei zu bekommen. Dann eilte er zum Holzunterschlupf der vier Freunde, die bereits fest in ihren Räumen steckten, zurück. Angestrengt, doch äußerst behutsam schob Eddie das Holz in Richtung Schiffswandloch. Eddie war erstaunt, dass die vier Freunde so ein erhebliches Gewicht verursachten. Er wusste ja nichts von den Perlen, die mit in ihrem Heim untergebracht waren. Die ganze Gesellschaft war gerade vor dem Loch angekommen, als das Deck plötzlich hell erleuchtet wurde. Zwei Männer erschienen auf der Bildfläche und unterhielten sich. Sie kamen rasch näher. So schnell Eddie konnte, stieß er das Holzstück durch die Öffnung ins Wasser. Danach quetschte er sich selbst durch die Öffnung und ließ sich in die Tiefe fallen. Platsch!

„Das war ja gerade noch mal gut gegangen!" Alle fünf jubelten erleichtert, und das Schiff entfernte sich allmählich. Die vier Freunde dankten Eddie, der ihr neuer Freund geworden war, und waren bester Laune. Da Eddie in eine andere Richtung als sie reisen wollte, mussten sie sich schweren Herzens von ihm verabschieden.

Eddie rief noch: „Holz ahoi!" dann tauchte er auch schon ab. Das Holzdomizil mit unseren Freunden blieb allein zurück und trieb weiter auf dem weiten Pazifischen Ozean.

Als die Vier nun in hoffnungsfroher Erwartung, auf die Dinge, die noch kommen würden, im Meer schwammen, bemerkten sie einen Hai. Er war viel größer als Vielfraß und kam immer schneller auf sie zu.

Je näher er kam, desto weiter riss er sein riesiges Maul auf und legte seine gut bestückten Zahnreihen frei. Die Freunde versuchten zu fliehen, doch der Hai war schneller. Hungrig grinsend kam er angeschossen und wollte sie fressen. Er freute sich: „Hmmh, was für eine Leckerei!"
Der beschwingte Hai, namentlich „Stinkezahn", schickte sich an, das Holz mitsamt der Viererbesatzung zu verschlingen. Da näherte sich eine Rettungsmannschaft von Delfinen, die Hannes und seine Freunde schützend umzingelten. Inmitten der Delfine befanden sie sich in einem unbeschreiblich hellen Lichtkegel, der sie umfasste. Sie blieben unerreichbar für den Hai. Auf diese Weise waren sie gerettet, und Stinkezahn musste ohne Mahlzeit, hungrig wieder abziehen.

Nach dieser wunderbaren Rettung schwamm das kleine Holzstück mit den vier Freunden zwei Tage und Nächte auf den Wellen. Danach befanden sich Hannes und seine Begleiter südlich von Australien. Nachts, als alle schliefen, war der Himmel stockdunkel. Aber auch am Morgen wollte es gar nicht so recht hell werden. Schwerer Sturm kam auf, und dicke Regentropfen prasselten vom beklemmend wirkenden, pechrabenschwarzen Himmel. Das Mini-Holzdomizil mit seinen Bewohnern schoss wieder einmal wie ein Ball über die hohen Wellen. Alle vier Bewohner waren in höchster Alarmbereitschaft. Doch was war das, was da plötzlich vom Himmel hinunterstürzte?

Roter Schlamm schlug überall auf. Auch die Behausung unserer Freunde wurde nicht verschont. Ging auf diese Weise etwa die Welt unter? Die kleine Holzwohnung sah nun blutrot aus. Alle Ritzen und Löcher waren ruckzuck mit der lehmigen Pampe verstopft. Hannes bohrte und bohrte, denn er wollte sich und seine Freunde vor dem Erstickungstod bewahren. Nachdem er seinen eigenen Eingang vom Schlamm befreit hatte, rettete er eilig Hannah, Fips und Fiete, die vorsorglich ihre Schalen geschlossen hatten. Alle Vier hatten große Angst vor den unbekannten roten Geschossen und davor, dass noch weitere davon in dieser Nacht zu ihnen unterwegs sein könnten. Sie alle waren in maximalem Aufruhr, als ein springender Fisch zufällig des Weges kam. Er bemerkte die Panik der vier Freunde und klärte sie darüber auf, dass solche Naturereignisse in der Gegend öfters vorkämen und daher ganz normal seien.

„Diese Phänomene passieren immer dann, wenn der Sturm den roten Wüstensand in die Luft wirbelt und ihn weiterträgt. Der Sand vermischt sich mit dem Regen und wird dann durch den Sturm wieder nach unten gedrückt", begründete der springende Fisch das Geschehen, das er somit durch seine sachliche Auskunft entzauberte, so dass die Situation bei den Freunden ein wenig an Unheimlichkeit verlor. Sie hatten wieder etwas dazu gelernt. Da sie nun wussten, dass es sich um irdischen Sand und nicht um außerirdische Phänomene handelte, waren sie nicht mehr ganz so erschrocken. Die Welt ging zum Glück nicht unter, und der Spuk endete, zu aller Erleichterung, bald. Der Sturm ließ nach, worauf das Meer sofort ruhiger wurde. Im Laufe der Zeit reinigte das Seewasser die, durch Wüstensand und Lehm verschmierte, Holzbehausung unserer Freunde. Ein paar rote Punkte, die

90

noch vereinzelt in den Ritzen steckten, wollte Hannes als Souvenir mit nach Hause nehmen. Die Küste von Australien war nur noch schwach zu erkennen. Das Mini-Holzfloß mit den Weggenossen trieb immer weiter davon. Bald wurde es von einer Nordwestströmung erfasst, durch die es auf den Süden des Afrikanischen Kontinents zugetrieben wurde.

Hannes war nachdenklich geworden. Wie lange war er wohl schon unterwegs, seit er die Nordsee verlassen hatte? Waren es Monate, ein Jahr oder länger? Er wusste es nicht, denn das Zeitgefühl war ihm während der langen Reise auf See abhanden gekommen. Er sehnte sich danach, mit seiner Braut Hannah und seinen Freunden Fips und Fiete endlich heim zu kommen. Auch über Schlicki grübelte er nach; wie es ihm wohl ergangen war? Er hatte nun so lange auf die Perlen gewartet, - wahrscheinlich glaubte er schon längst nicht mehr daran, sie jemals zu bekommen. Vielleicht hatte er mittlerweile seiner Julia auch ohne Juwelen seinen Heiratsantrag gemacht. Durch Hannah hatte Hannes erst erkannt, was wirklich wichtig im Leben war. Man kann auch ohne Perlen oder Ringe aus Gold und Silber zusammen sein. Hauptsache, man mag einander und versteht sich gut. Er dachte an die schöne Auster Scarlett, die ihn so sehr fasziniert hatte. Ach, wie lange war das schon wieder her. Wenn er sich damals dazu entschlossen hätte, bei ihr zu bleiben, wäre im vieles erspart geblieben. Doch andererseits könnte er dann jetzt nicht mit Hannah zusammen sein, und ohne sie zu leben, konnte er sich nun gar nicht mehr vorstellen.

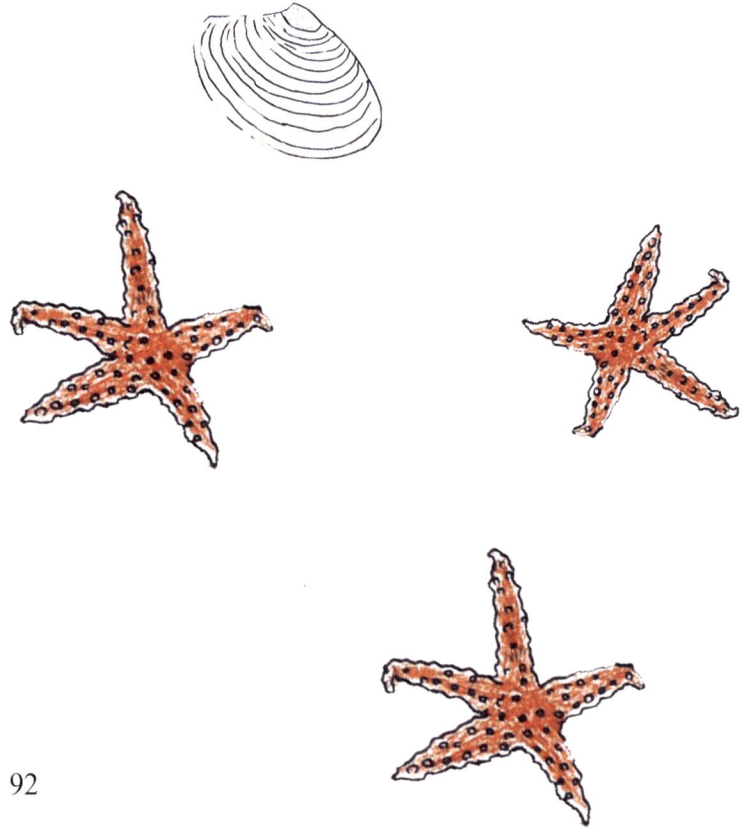

Es dauerte nicht mehr lange, und die vier Freunde hatten Afrika erreicht. Von da aus ging es mit starken Winden und Strömungen durch den Atlantischen Ozean, in Richtung Portugal. Vielleicht waren fünf Tage vergangen, als Hannes vom Donner gerührt bemerkte, dass die Reise offensichtlich nicht mehr weiterging.

Nachdem er einen vorsichtigen Blick aus seiner Röhre gewagt hatte, glaubte er, seine Holzbehausung sei auf einer Wiese gestrandet. Wie war das möglich? So weit er blickte, sah er nur grasähnliches Kraut um sich herum. Es war sehr windstill, so dass sich kein Lüftchen regte. Die lachende Sonne schien auf Hannes und seine Freunde herab. Alle Vier fanden die Situation aber gar nicht lustig. Der Stillstand auf einer Art Weide kam ihnen höchst unheimlich vor. Schließlich waren sie ja keine Kühe, die gerne grasten, sondern sie wollten endlich heim in die Nordsee. Auf einmal bemerkten sie ein Seepferdchen, das ihnen im Gras entgegen zu schwimmen schien.

95

Das Seepferdchen war in dem Gewässer, in dem die Vier sich befanden und das den exotischen Namen „Saragossa-Meer" trug, beheimatet.
„Wind und Strömungen gibt es hier nur sehr selten, darum wird kaum etwas fortgeschwemmt. Stattdessen sammelt sich hier einiges an und bleibt liegen", teilte das Seepferdchen den staunenden Freunden mit, bevor es davon planschte. Immer wieder verfing sich das Holz der Freunde im Plankton, das aus kleinsten im Wasser schwebenden, Lebewesen besteht. Manche dieser winzigsten Lebewesen hatten eine geringe Eigenbewegung, andere bewegten sich dagegen gar nicht von selbst.

Hannes und seine Freunde bemerkten schließlich, dass die Reise ganz langsam – ganze zwölf Tage – im Schneckentempo weiterging.
Da sie überhaupt kein Zeitgefühl mehr hatten, kam die Zeit ihnen wie eine Ewigkeit vor. Endlich blies wieder ein Wind aus südlicher Richtung. Das Holzdomizil mit den Freunden geriet wieder in Bewegung und wurde bald darauf von Meeresströmungen erfasst. Dazu war es auch allerhöchste Zeit, denn Hannes, der wegen der Strapazen einen guten Appetit entwickelt hatte, sehnte sich sehr nach dem schmackhaften,

96

heimischen Cuxhavener Schlick. Durch das ständige Platzschaffen in seinem Bau und die erforderlichen Umbauten, die er zu bewältigen hatte, war sein Holzstück platzmäßig schon ziemlich reduziert worden. Auch der Wind und das Wasser hatten durch ihre gewaltigen Kräfte die Wohnung kleiner geschliffen. Viel mehr Substanz durfte nun nicht mehr verloren gehen, damit das Holz für die Freunde, die Perlen und natürlich für ihn, schwimmfähig blieb.

Hannes hoffte sehr, dass die restliche Heimreise keine weiteren Probleme schaffen würde und hoffte einmal mehr: „Lieber Gott verlass mich nicht, ich verlass Dich auch nicht."

Ein starker Nordwestwind erfasste das Holzstück, als es mit seinen Bewohnern an Portugal vorbeigetragen wurde. Plötzlich näherte sich bedrohlich ein großer, dunkler Schatten. Die vier Freunde waren entsetzt, als sie bemerkten, dass es ein Hai war, der flink unterwegs war. Er hatte eine Kerbe in der Schwanzflosse und steuerte genau auf sie zu. Es war der Schokoladenhai „Nimmersatt", der auf eine kleine Zwischenmahlzeit aus war. Da kamen ihm Hannes und seine Freunde gerade recht. Der Hai kam näher und zeigte seine spitzen, messerscharfen Zähne.

Hannah fiel in Ohnmacht, die Seepocken schlossen ihre Schalen und Hannes seine Augen. Er betete: „Lieber Gott... Das darf jetzt nicht alles gewesen sein. Wir haben noch so viel vor, Hannah und ich..."

Auf einmal tauchte eine Gruppe Delfine auf. Die freundlichen Säugetiere drängten sich zwischen die Behausung mit den vier Freunden und den gierigen Hai. Dann nahmen sie die vier Freunde in ihre Mitte und eskortierten sie eine ganze Weile über das Wasser. Schließlich wurde es Stinkezahn zu bunt, er drehte ab und verschwand in den Tiefen des Meeres, um sich anderswo einen Leckerbissen zu suchen.

Alle atmeten auf. Das war Rettung in allerletzter Sekunde. Sie dankten den Delfinen für ihren Schutz und wussten, dass sie dieses Wunder ihr ganzes Leben nicht mehr vergessen würden.

Der Föhn trieb sie aus Nordwesten weiter durch den Ärmelkanal, und sie gelangten allmählich in die Nordsee. Alle waren sehr erleichtert, denn endlich waren sie fast daheim. Hannah war auf ihre neue Heimat gespannt wie ein Flitzebogen Auch Fips und Fiete freuten sich, ihre spannende Weltreise zu guter Letzt erfolgreich beendet zu haben. Jetzt folgten sie lieber Hannes und wollten ein wenig Cuxhaven unsicher machen.

Die Freunde näherten sich dem Nationalpark Wattenmeer. Hannes freute sich maßlos über die glückliche Heimkehr, an die er so manches Mal nicht mehr geglaubt hatte. Sie ließen sich von der Flut an den Cuxhavener Strand bringen. Als sich sechs Stunden später das Wasser zurückzog und die Ebbe das Watt freigab, hielt Hannes sogleich Ausschau nach seinem Freund Schlicki. Ihm hatte er es zu verdanken, dass er die Reise voller wilder Abenteuer unternommen hatte, und dass er gute Freunde und seine Herzallerliebste fand.

Dafür hatte Schlicki sich die drei Muschelperlen absolut verdient. Überall wo er Spaghetti-Häufchen auf dem Wattboden sah, suchte er die Umgebung nach seinem Freund ab. Endlich hatte er ihn gefunden. Schlicki war gerade dabei, Schlick an die Wattoberfläche zu stoßen. Es gab ein freudiges Wiedersehen, denn Schlicki hatte zwar nie die Hoffnung, dass Hannes noch lebte, aufgegeben, dennoch hielt er ihn für verschollen. Nun war er hochbeglückt, seinen Freund wohlbehalten wieder zu sehen. Außerdem hatte er eine wundervolle Neuigkeit zu vermelden: „Du, Hannes, ob Du es glaubst oder nicht... Julia und ich sind ein Paar."

Schlicki räusperte sich und fuhr dann fort: „Wir haben nur noch nicht geheiratet, weil..."

„Ich weiß", unterbrach Hannes, „weil du noch keine Perlen für sie hattest."

„Nein, das ist nicht der Grund, Hannes. Julia will mich auch ohne Perlen heiraten! Wir haben es noch nicht getan, weil wir auf dich gewartet haben. Wir hofften täglich auf deine Rückkehr, damit du unser Trauzeuge sein kannst. Hätten wir ohne dich geheiratet, wäre das ein Aufgeben der Hoffnung gewesen, dich eines Tages lebend wieder zu sehen."

Hannes war verblüfft. Dann stellte er fest: „Hast du ein Glück! Dann ist es bei Julia wohl die ganz große Liebe, wenn sie dich auch ohne Perlen will."

„Aber ja, das ist es!" ertönte plötzlich ein zartes Stimmchen hinter Schlicki. Julia erschien auf der Wattfläche und flötete: „Schlicki braucht, um mein Traummann zu sein, doch kein Gold oder keine Perlen. Bloß weil die Watten- Trampler beim Heiraten Ringe tauschen, brauchen wir es ihnen noch lange nicht gleich zu tun. Außerdem ist Schmuck viel zu unpraktisch!"

„... und viel zu schwer", fügte Hannah, die sich bisher im Hintergrund gehalten hatte, hinzu.

„Schlicki, was haben wir für tolle Frauen!" sagte Hannes überwältigt.

„Was? Du auch?" fragte Schlicki überrascht.

„Am besten ist, ihr feiert eine Doppelhochzeit!"
meldeten sich Fips und Fiete, die sichtlich stolz
auf ihre Idee waren, zu Wort. Sie wurden für
ihren kreativen Geistesblitz von ihren Freunden
bejubelt und mussten gleich als Trauzeugen für
ihre Freunde herhalten.

„Und was ist mit der Bedeutung von Liebe, Treue und vielen Kindern, die von den drei Perlen symbolisiert werden?" fragte Fiete.

„Och, unsere Liebe ist so stark, wir schaffen das alles auch ohne Perlen", sagte Julia.

Hannah fügte hinzu: „Genau, und unsere Liebe ist so groß, wie acht Himmel hoch, und acht Meere tief sind, da werden natürlich auch wir alles ohne Perlen schaffen."

Doch was wurde aus den Perlen? –

Der Wattboden begann wieder mal zu beben. Stimmengewirr wurde lauter. Schlicki erkannte die vertraute Stimme des Wattführers. Schnell beruhigte er die über den Lärm erschrockene Hannah und die Seepocken und erklärte ihnen: „Das sind unsere Watt-Platt-Trampler. Die gehen bald weiter, und dann kehrt wieder Ruhe ein."

Sie hörten die Stimme des Wattführers: „Das Wasser der Meere ist mit Mineralien angereichert. Ein Mineral, das jeder kennt, ist das Salz. Als Baustein des Lebens ist es ein wertvoller Schatz, denn ohne Salz gibt es kein Leben. Auch das seltene Element Gold kann man im Meerwasser nachweisen. Es kommt in Form von

Staub vor und ist schwierig herauszufiltern. In allen Weltmeeren gibt es davon zehn Millionen Tonnen. Die Bergung wäre zu kostspielig und brächte zu wenig Gewinn ein. Die Miesmuschel filtert das Meerwasser zu ihrem Lebensbedarf, in einer einzigen Stunde bis zu vier Liter."

Staunende Rufe wie „Wahnsinn!" oder „Irre!" waren zu hören.

Ein kleines Mädchen fragte gerade: „Onkel, was ist denn das?" Sie zeigte auf ein interessantes rotbraunes Gebilde mit Punkten im Wattboden.

Nach einer kurzen Weile vernahmen unsere Freunde die Antwort des Wattführers: „Das ist ein Rollholz. Es hat seine Form durch die Kraft des Wassers, das das Holz glatt geschliffen hat. Die Löcher weisen darauf hin, dass Tiere in ihm gewohnt haben. Das Holz gehörte im 14. Jahrhundert vielleicht mal zur Schiffstoilette eines Kapitäns."

„Da gab es doch noch gar keine Toiletten!" rief ein kleiner Junge.

„Ja, was glaubst denn du, wo die Seeleute früher ihr Geschäft gemacht haben, wenn sie mal mussten?" fragte ihn der Wattführer augenzwinkernd.

„Na, über die Reling", ertönten gleich mehrere Stimmen fast gleichzeitig.

„Dann durfte aber kein Sturm aufkommen. Hahaha!" Großes Gelächter war zu hören.

„Was passierte denn, wenn Sturm aufkam?" –

„Dann fielen sie mit ihrem nackten Po ins Wasser." –

„Wie praktisch, dann brauchten die damals doch gar kein Toilettenpapier!" rief jemand.

„Aber das gab's doch damals noch gar nicht!" stellte ein anderer fest. „Woher weißt du das?" Das Gelächter wollte gar nicht mehr verstummen. Die Stimmen entfernten sich langsam.

Schlicki und Julia drückten fast gleichzeitig ihre Spaghettis an die Wattoberfläche. Hannes und Hannah wollten nun nach der anstrengenden Reise einen Mittagsschlaf machen. Sie verabredeten sich für später und wollten in ihre Behausung. Doch die konnten sie nicht mehr finden.

„Oh, nein! Dein Haus ist weg!" rief Hannah.

„Die Perlen… unsere Perlen sind auch weg!" rief Hannes.

„Oh, nein!" riefen die Seepocken, und Schlicki und Julia riefen: „Das darf doch nicht wahr sein!"

Doch es war tatsächlich wahr: Die kleine Holzbehausung mit den roten Wüstensandpunkten, die Hannes und seine Freunde über die Weltmeere getragen hatte, war nicht mehr da. Ein kleines Mädchen hatte sie mitgenommen.

Hannes war sehr betrübt und musste von Hannah getröstet werden.

„Wichtig ist am Ende doch nur, dass wir alle wohlbehalten nach Hause gekommen sind. Und ein neues Haus finden wir allemal. Dein altes Häuschen hat uns zwar gut und sicher hierher gebracht und somit allemal seinen wichtigsten Zweck erfüllt. Aber es war doch eigentlich viel zu klein für uns Vier, stimmt' s?"

Hannes überlegte einen Augenblick, dann gab er zu: „Stimmt, meine Liebe, du hast Recht."

Zu Fips und Fiete gewandt sagte er: „Ihr bleibt doch in unserer WG wohnen, oder?"

„Na ja, wenn du uns so nett fragst, sehr gerne."

„Fein, dann lasst uns vier gemeinsam eine neue Wohnung suchen, die groß genug für uns alle ist", beschloss Hannes, der schon wieder Auftrieb bekam. Denn schließlich war es viel wichtiger, zuverlässige neue Freunde fürs Leben gewonnen zu haben, als einen Perlenschatz, dachte er. Die Erinnerungen an die gemeinsamen Erlebnisse, wie sie den Schatz durch ferne Freunde bekommen hatten, die konnte ihnen ohnehin niemand mehr nehmen, begriff Hannes und war recht zufrieden. –

„Sag mal", bemerkte Julia, „du bist doch eine Miesmuschel, Hannah."

„Stimmt", antwortete Hannah stolz und nickte.

„Ja, wisst ihr denn nicht, wie reich ihr seid, du und Hannes?" fragte Julia.

„Nö, wieso?"

„Na, der Wattführer sagte, dass Miesmuscheln Gold aus dem Meerwasser herausfiltern können. Wozu dann noch auf Schatzsuche gehen?"

Sie sahen sich an, und alle erinnerten sich wieder an die Worte des Wattführers.

„Dann bist du ja ein reiches Mädchen!" bemerkte Schlicki augenzwinkernd. Daraufhin lächelte Hannah und erklärte: „Gold hat ein blendendes Feuer, aber es spendet keine Wärme. Darum ist der wahre Schatz die Liebe und Freundschaft."

Die anderen nickten, und Schlicki schlug vor: „Wenn ihr eure neue Wohnung gefunden habt, besprechen wir unsere Doppelhochzeit, ja?"

„Abgemacht ist abgemacht, und was abgemacht ist, das gilt!" antwortete Hannes lachend.

„Da, ein Rollholz!" rief Julia.

„Die richtige Größe hat es auch!" beurteilte Hannah das neue Domizil.

„Hoffentlich stammt es nicht von der Toilette des Kapitäns" brummte Hannes. Nach eingehender Untersuchung war er dann sehr zufrieden mit der neuen Eigentumswohnung.

„Ich werde mich heute um die Einrichtung küm-
mern und die Gänge bohren. Morgen besprechen
wir alle unsere Doppelhochzeit! kündigte er
freudig an. Die Antwort war ein mehrstimmiges
„Ja!"

So hatte die Geschichte mit den Perlen, oder
besser gesagt, ohne die Perlen, für unsere vier
Freunde doch noch ein gutes Ende gefunden.
Vielleicht aber haben die runden Lieblinge das
kleine Mädchen glücklich gemacht.

Wenn Ihr bei Ebbe einmal über das Watt laufen solltet, haltet doch Ausschau nach dem Sandpierwurm Schlicki. Denkt daran, die Spaghettis weisen Euch den Weg! Vielleicht könnt Ihr auch ein Holzstück mit vielen Röhren darin und Seepocken daran entdecken. Möglicherweise sind das dann Fips und Fiete, und eventuell sind auch Hannah und Hannes dann nicht mehr weit.

Erdbeben-, Tsunami-Infos: Text nach **Axel Bojanowski**, Diplom Geologe; Bericht (2006): Geröll könnte Nordsee-Tsunami auslösen. (Quelle: Spiegel.net GmbH)

Hannes und Schlicki vor der Kugelbake, Cuxhaven

Wattwurm-Freunde

Hannes und Schlicki

Der Hannes und der Schlicki,
die sind zwei Wattwürmer.
Sie wohnen in der Nordsee,
verlassen sich nie mehr.
Der Hannes und der Schlicki,
die sind zwei gute Freund`!
Gemeinsam haben sie
schon von dem großen Glück
geträumt.

Der Hannes und der Schlicki
sind füreinander da.
Drum wissen sie, was Freundschaft ist,
jeden Tag in jedem Jahr.
Der Hannes und der Schlicki,
die tun sich niemals weh.
Drum wissen sie, was Freundschaft ist,
vom Scheitel bis zum Zeh.

Der Hannes und der Schlicki
lassen sich nie allein.
Sie wollen niemals ohne
den jeweils anderen sein.
Der Hannes und der Schlicki,
die wollen bei euch sein.
Und wenn ihr sie als Freunde habt,
dann seid ihr nie allein.

Sabine Grimm

www.sabine-grimm.de

www.readers-feeling.de

www.readers-feeling.com

Internetadressen

Cuxhaven	www.cuxhaven.de
Lünen an der Lippe	www.luenen.de
BOD-Verlag	www.bod.de
Baeredel	www.baeredel.de

www.cux-mal-rein.de

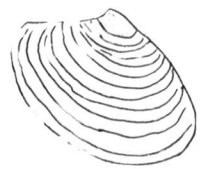

Bücher von Sabine Grimm

Verschollen im Watt
Jugendabenteuer; Engelsdorfer Verlag

Alisha, die tanzende Eisprinzessin
Fantasy-Märchen; Engelsdorfer Verlag

 Bücher aus der Reihe „UNRUHIGE ZEITEN"
Sabine Grimm

Band 1
Unruhige Zeiten:
**Der lange Weg der Rittersleut`,
in die moderne, neue Zeit**

Band 2
Unruhige Zeiten:
Burg Wilbring - Heimat des Hexenwahns?

Band 3
Unruhige Zeiten:
Die Herren von Frydag zu Buddenburg

Band 4
Unruhige Zeiten:
Der Buddenburg-Mord

Band 5
Unruhige Zeiten:
Tragödie von Niering

Band 6
Unruhige Zeiten:
Die Buddenburger – Zeitzeugnisse

Band 7
Unruhige Zeiten:
Adelslinien – Die Herren von Frydag

 „Impressionen – Schloss Buddenburg", reich bebildert, mit Sprüchen und Lebensweisheiten ausgewählt von Sabine Grimm

„Impressionen – Schloss Löringhof", reich bebildert, mit Sprüchen und Lebensweisheiten ausgewählt von Sabine Grimm

„Impressionen – Schloss Wilbringen", reich bebildert, mit Sprüchen und Lebensweisheiten ausgewählt von Sabine Grimm

„Impressionen – Burg Henrichenburg", reich bebildert, mit Sprüchen und Lebensweisheiten ausgewählt von Sabine Grimm

 Sternschnuppen – Schätze in Westfalen?
Schatzsagen aus Westfalen; Sabine Grimm

Mariella – In die Liebe
Romantic-Fantasy/Science Fiction-Roman